Agáta Gordon

Ziegenrouge

Roman

Aus dem Ungarischen
von Andrea Seidler

REIHE LESBENLITERATUR

Milena
VERLAG

Die Übersetzung wurde gefördert durch die Stiftung Ungarisches Übersetzerhaus im Rahmen des Förderprogramms der Schweizer Stiftung Pro Helvetia.

Die Deutsche Bibliothek – CIP-Einheitsaufnahme

Gordon, Agáta:
Ziegenrouge : Roman / Agáta Gordon. Übers. aus dem Ungarischen von Andrea Seidler. – Wien : Milena-Verl., 1999
(Reihe Lesbenliteratur)
Einheitsacht.: Kecskerúzs <dt.>
ISBN 3-85286-070-9

Covergestaltung: Christine Aebi (Illustration), Birgitta Heiskel (Layout)
Lektorat: Karin Ballauff
Buchlayout: Barbara Zach
Druck und Bindung: Rema Print, Wien

ISBN 3-85286-070-9

DU SOLLST WISSEN PRINZESSIN DIE SCHALE IST HART
DIE VORSTELLUNG EINE SPITZHACKE
DIE ZUR WAHRHEIT DIESES AUGENBLICKS VORDRINGT
EINES AUGENBLICKS
DER AUF DEM RÜCKEN LIEGT

WIR ZOGEN MIT EINEM EINKAUFSWAGEN
SCHLEIFEN DURCHS WARENHAUS
ICH UNBÄNDIG BEREIT ZU PLÜNDERN

WÄHREND ANDERE IHRE FELLE RETTEN
TRÜGE ICH UNTER DER HAUT
EINEN EINZIGEN GEGENSTAND DAVON: MEINE LIEBE.

I.

Ich weiß nicht, ob es vom Gedicht kam, aber auf einmal schien mein Gesicht zerzaust, die Haut zog sich zu meinen Ohren hin, mein Kinn spannte, und mein Mund tat etwas weh.

Ein Gesichts-Beben oder ein Antwort-Lächeln. Saras zärtliche und verführerische Ausstrahlung fiel mir ein, und das unvermeidliche und beschämende Glück, das sie mich empfinden ließ.

Vielleicht erinnerte mich das Gedicht daran, wie ich tatsächlich trotzig und ziemlich bekümmert im Kaufhaus zwischen den Pfirsichen und dem Käse, wo Sara sich angestellt hatte, hin und her gelaufen war, und sie jeden Sack Pfirsiche vernichtend betrachtete, und mich auch, denn sie regte sich darüber auf, daß ich die billigere Sorte gewählt hatte, und später, weil ich dann unter den teuren die harten ausgesucht hatte, und die würde sie ganz bestimmt nie essen.

Daß ich mich bemüht hatte, unter den samtig-weichen Früchten die saftigsten Exemplare auszusuchen, die sich leicht vom Kern trennen lassen würden, zählte nicht. Ich ließ den ganzen Sack auf einem wohlgeordneten Gurkenstand liegen, der sich im Spiegel vervielfachte. Sollte doch der Spiegel sich an meiner Stelle schämen.

Ich stützte mich auf den Griff des Einkaufswagens, stellte ein Bein auf die untere Querverstrebung und stieß mich mit dem anderen ab. Es war gar nicht leicht, den Wagen in die gewünschte Richtung zu lenken. Erst als ich mich wirklich mit vollem Gewicht drauflegte und mit kräftigen Stößen weiterschubste, als wäre ich allein im Kaufhaus und würde mich nur mal umsehen, als wäre ich diesem demütigenden Unmut eines anderen Mädchens gar nicht ausgeliefert, das mich erst lauthals um teurere, dann um weichere und schließlich um gar keine Pfirsiche zurückschickte. Sie vermutete, mir tue es nur leid um ihr Geld. Dabei ging es doch um Pfirsiche für sie.

Sara hatte ein Stück Räucherkäse in Form einer Keule in ihrem Korb und schlenderte zu den Bierkistentürmen, wo immer ein oder zwei gelangweilte Verkäufer herumräumten, denen das leise Knistern des Kunststoffs, das an Grillengezirpe erinnerte, nicht auffiel. Sara riß ihren langen, weiten Pullover hoch und steckte das Käsestück in ihre hautenge Stretchhose, um gleich darauf traumverloren weiterzuspazieren und mich bei der Schokoladen-Gondel zu finden – mich *dicke Schokosüchtige*, die keine Süßigkeiten essen durfte – sollte es doch das ganze Kaufhaus hören!

„Haben Sie das geträumt?" fragte meine gutaussehende Psychiaterin, als ich ihr die Geschichte erzählte. Es war das erste Mal, daß ich soviel mit ihr gesprochen hatte. In den Sitzungen mit ihr war ich meist schweigsam, und in dem Moment bereute ich es auch schon, etwas gesagt zu haben. Ich spürte plötzlich, wie dumm meine Geschichte über zwei Mittelschulgänschen war, die sich entschlossen hatten, Städterinnen zu werden.

Diese Geschichte über mich selbst war die erste, die mir einfiel, als ich in dem Zimmer der Station für Psychotherapie auf meinem Bett lag und ziemlich lustlos die Gedichte überflog. Dieses eine Gedicht jedoch war an die Oberfläche meines Bewußtseins vorgedrungen.

Es verdrängte den Essensgeruch, der aus dem Korridor hereindrang, den Geruch nach Fischpastete, die es zum Frühstück gegeben hatte, es verdrängte auch das grelle Hellgrün, die einzige Farbe in der Station. Die Zeilen wurden zu Vertrauten, und ich fing an, ihnen innerlich Seite für Seite zu antworten.

Ich wollte mit der anonymen Dichterin sprechen, sie korrigieren, ihr etwas erzählen, etwas, dessen Seele sie kannte wie ich vielleicht den Körper. Statt dessen zeigte ich das Gedicht meiner Psychiaterin, die sich ganz vorsichtig danach erkundigt hatte.

Sie nahm mir das geöffnete Heft sanft aus der Hand, skeptisch. Nachdem sie das Gedicht gelesen hatte, schienen wir einander endlich zu verstehen. Sie blätterte verwundert weiter in dem Band, verwundert über mich oder über die Verse.

„Und was sagen Sie *dazu*?" Sie hatte das Heft an einer anderen Stelle geöffnet und hielt es mir hin.

MEIN WALD WOGT WIE EIN MASCHINENRAUM
DIE RÄDER DER BÄUME DREHEN SICH
WIE DAS LICHT AUF DEN EMSIGEN BEINEN
EINES UMGEFALLENEN KÄFERS
EICHENPUMPEN UND GENERATORLINDEN
UMGEBEN MEINE WELT
STREBEN MIT GRÜNER KRAFT
AUFGEWÜHLT NACH OBEN

ICH GEHE ZUM BRUNNEN
AUF GRÜNEN ZIEGELN HALLT DER TROG
UND STÜRZT HINAB
ICH BEUGE MICH IN DIE TIEFE
IM STUMMEN HIMMEL KREISEN
DIE GIPFEL DER BÄUME MIT MIR

II.

Ich hatte gar nichts vernachlässigt und war geradezu zwanghaft jeden Tag zu unserem Haus im Wald gegangen.

Ich benützte diesen versteckten Ort zum Aufatmen, und um ein paar Stunden täglich mit Herzklopfen den von dürrem Laub bedeckten Fuhrwerksweg beobachten zu können, den auch Isolde würde nehmen müssen, um nach Hause zu kommen, zu mir und zu niemandem sonst.

Ich verstand meinen täglichen Weg als Sühne oder Seelenübung und genoß sogar bei Regen und hartem Wind das Hin- und Herlaufen um das kleine Haus, riß alte, bleiche Grashalme aus, knickte die unter dem Laub verrottenden Zweige ab, um damit ein kleines Feuer anzuzünden, und tollte mit den Hunden herum. Abends aber kehrte ich in das Dorf zurück zu den *Tauben*.

Jetzt erst, da ich die *Tauben* erwähne, fällt mir auf, wie gut der Name zu ihnen paßt. Dabei heißt nur die eine *Taube* – angeblich gibt es diesen Frauennamen wirklich – die andere heißt *Palme*. Ein guter Ort für eine Taube. Ich habe sie in *Paloma* umgetauft, damit sie noch besser zur *Taube* paßt, und die beiden waren tatsächlich wie zwei Tauben, die nach Isoldes Abreise den Wolkenhimmel über sich verloren hatten.

Unter dem Vorwand, mit mir einkaufen gehen zu wollen, hatten sie mich in die Stadt gelockt und wollten mir aus einer plötzlichen Laune heraus ein *malerisches Dörfchen* ganz in der Nähe zeigen.

Mit dem Auto war es nur eine Viertelstunde von der Stadt entfernt, und während der kurzen Fahrt plauderten die beiden mit mir, erzählten unentwegt von den Reizen des Dorfes, vom Schloß, von der ganzen Atmosphäre, und so schöpfte ich auch keinerlei Verdacht, als wir vor der Kirche ausstiegen und uns auf dem Platz umsahen, der durch einen Lebensmittelladen abgegrenzt wurde.

Winzige Häuser standen da, ungeordnet, an beiden Seiten des Tals. Zu jedem einzelnen führte ein schon von weitem sichtbarer Pfad, gesäumt von Bäumen, durch die das Licht schimmerte, sobald man näherkam.

Das Tal war eng, und die verheißungsvollen kleinen Straßen führten uns zurück in die Realität.

Eine einzige kurvige Asphaltstraße schlängelte sich aus dem Tal hinauf in die Berge durch den uralten Schloßpark hindurch, von wo aus man schon von fern die Fassade eines klassizistischen, gelben Schlosses erkannte.

Wir streunten neugierig um das Schloß herum, und vorbei an der abgesackten, aber noch immer beeindruckenden Terrasse des Innenhofes, über arabeskenverzierte Mosaiksteine, die sich verschoben hatten – zum Teil waren sie auseinandergebrochen und an manchen Stellen lückenhaft mit Beton aufgefüllt –, gelangten wir in den Park.

Der Pfad aus Mosaiksteinen führte – die einstige Pracht des Parks umtänzelnd, die schon lange verschwunden oder verkommen war – zu den Gartenhäusern, an deren Schönheit nur die freundlichen Heckenschlingen geheimnisvoll erinnerten.

Schloß und Park dienten seit geraumer Zeit dem Gemeinwohl: das Krankenhaus der nahegelegenen Stadt war hier eingerichtet worden, was zwar etwas unbequem war, aber man hatte sich damit abgefunden. Der Bus verkehrte stündlich, im Park spazierten Kranke in ihren Bademänteln, werdende Mütter sonnten sich auf roten Bänken, Rettungsfahrzeuge und Autos rollten still über die Hauptstraße des Anwesens.

Wir gingen zielstrebig auf einen Pavillon zu, und es stellte sich heraus, daß wir jetzt, da wir schon mal hier waren, Palomas Bekannte, eine Ärztin, besuchen könnten. Paloma und Taube machten sich auf die Suche nach ihr, und ich blieb auf dem breiten Korridor zurück, ging ein wenig auf und ab, sah ein paar Leute herumsitzen und rauchen und zündete mir ebenfalls eine Zigarette an.

Überall waren mit Namensschildern versehene, gepolsterte Türen. Eine davon führte zu *Ursula.* Ich blieb an der Aufschrift hängen, ich lasse mir Namen gern auf der Zunge zergehen, aber dieser hier sagte mir nichts. Zumindest so lange nicht, bis Paloma und Taube in Begleitung einer extrem kurzhaarigen Frau mit Brille und weißem Mantel auftauchten, die die beiden genau bis vor diese Tür führte. Sie lächelten und winkten mich zu sich, aber ihre Blicke waren dabei forschend, wirkten ernst und zugleich verwirrt.

Die Frau im weißen Mantel erfaßte die allgemeine Hilflosigkeit der Situation und nickte sehr freundlich: *nur Mut*, was auch mich mitmeinte.

Als ich mich den drei Frauen zögernd anschloß, stellte sie sich mir vor, aber ich hätte ihren Familiennamen wohl gar nicht verstanden, wenn ich ihn nicht schon vorher an der Tür gelesen hätte. Sie gab mir die Hand und beobachtete mein Gesicht sehr aufmerksam, während ich meinen Namen nannte. Schließlich senkte sie ihre schön geschwungenen Augenlider, einen Moment länger als üblich, und ließ mir den Vortritt.

Plötzlich saßen nur noch wir beide an ihrem kleinen Rauchtischchen. Paloma und Taube waren wieder draußen, und Ursula Hostell kam zwar sehr behutsam, aber dennoch direkt zur Sache.

Sie hatte sich mit meinen Freundinnen über mich unterhalten und wußte, daß ich in einer schwierigen Phase war. Ich sollte doch einige Tage hier bei ihr bleiben, schlug sie vor.

Ich gab mir zwar Mühe, etwas überrascht und eher abwehrend dreinzuschauen, was mir aber nicht so recht gelingen wollte, denn sofort regte sich der Stolz der Kranken in mir, das unvermutet selbstbewußte, aber zugleich beschämende Gefühl derjenigen, die bisher zu selten in den Genuß von geschult-freundlicher Fürsorge gekommen waren.

Ich nahm also zufrieden zur Kenntnis, daß mein Zustand wohl tatsächlich besorgniserregend sein mußte, wenn sich schon eine Ärztin um mich kümmerte. Aber ich sagte natürlich, daß ich in der Lage sei, für mich selbst und meine Tiere zu sorgen, ich benötigte keine Hilfe. Schon mit dem nächsten Satz hatte sie mich überredet, und ich gab bereitwillig und höflich nach.

„Leona, Sie erlauben mir doch, es zu versuchen", sagte Ursula Hostell, als wäre es ihr wirklich wichtig – ich konnte sie nicht zurückweisen, eine Frau, die mir so viel Sympathie entgegenbrachte. Und ich wußte zugleich, daß sich ihr Wunsch mit Palomas und Taubes Absichten decken mußte, denen ich wohl zur Last geworden war mit meiner unheilbaren Melancholie.

Ich breitete resignierend meine Arme aus, und Hostell interpretierte diese Geste sogleich dankbar als Zustimmung. Sie stand auf und ging hinaus, um die Formalitäten zu erledigen, während ich in dem völlig neutralen Zimmer wartete, in dem ich ab sofort täglich ein bis zwei Stunden mit ihr verbringen sollte, eine Vorstellung, die mich in diesem Augenblick noch einigermaßen verstörte.

Ich hielt das alles für übertrieben, diese Art der Aufmerksamkeit könnte ich doch nur von Isolde annehmen, vielleicht noch von Rachel und Emese, aber keinesfalls von einer fremden Frau.

Ich saß in mich versunken in dem ungemütlich tiefen Fauteuil, lehnte mich aber nicht zurück, sondern sah mir Zeitschriften an, die auf der Ablage unter dem Tischchen lagen. Hostell blieb ziemlich lange weg, also hatte ich genug Zeit, um zwei der jahrealten Frauenzeitschriften und eine Tageszeitung durchzublättern. Schließlich fiel mir ein Heftchen in die Hand, dem der Umschlag fehlte. Auf den seidig-glatten Seiten standen kurze Gedichte. Ich überflog einige von ihnen, völlig unkonzentriert und ohne wirkliches Interesse weiterzulesen.

Das Heft eignete sich viel besser dazu, aufgerollt und als Fernglas verwendet zu werden, oder so lange gedreht und geknittert zu werden, bis Hostell zurückkam, um mich auf mein Zimmer zu begleiteten, mir mein Bett zu zeigen und mich dann allein zurückzulassen.

Langsam begriff ich, daß ich wieder betrogen und ausgetrickst worden war. Paloma, Taube und Hostell waren verschwunden. Ich hatte große Lust, in die Welt hinauszuschreien, wie falsch sie waren. Sie hatten mich hier sitzenlassen, ohne Pyjama, Zahnbürste und Bücher. Da fiel mein Blick auf meinen leuchtend blauen Rucksack unter dem Bett.

Ich setzte mich, starrte aus dem Fenster mit Blick auf den Park und sah eine unbekannte Frau. Vom Nachbarbett her kam ein leises Schnaufgeräusch, und erst jetzt bemerkte ich, daß ich das kleine Heft, das sich so gut als Trompete oder Kaleidoskop verwenden ließ, in meiner Hand hielt und es mich hierher begleitet hatte.

Mißlaunig legte ich es neben mein Bett auf das Nachtkästchen. Da entblätterten sich die glänzenden Seiten mit einem leisem Rascheln, Seite acht schlug sich vor meinen Augen auf und wurde lesbar. Es war die erste Seite. Dieses Sich-Öffnen des Heftes kam mir endlich ehrlich vor, etwas, das man beantworten konnte.

Einige Zeit später übernahm ein unbekannter Arzt Hostells Nachtdienst. In einem breiteren Abschnitt des Korridors wurde zu Abend gegessen, gemeinsam mit den anderen Grenzfällen, die sich mir mit matt-müder Höflichkeit vorstellten. Sie blieben nach der Mahlzeit vor dem Fernsehapparat sitzen, und mich beschlich das Gefühl, daß ich das Gerät ohne weiteres ausschalten könnte, ohne daß es einer von ihnen bemerken würde.

Plötzlich fühlte ich mich noch einsamer als vorher. Ich ging zu meinem Bett zurück und verkroch mich hinter meinem unaufdringlichen und anhänglichen Heftchen.

DAS GESICHT DER MASKE LÄSST SIE ZURÜCKSCHRECKEN
ES IST IHR GESICHT
AUS DER BESEELTEN HAUT DES LEHMS
DIE WELT UNTER DEN AUGENLIDERN
DER AUFMERKSAME BLICK
EINE HÖLZERNE EGGE WARF GLÄNZENDE ERDHÜGEL AUF
UND DIE ROTE ERDE UM DEN RAND DER LIPPEN
HEILT SANFT WÄHREND SIE SCHWEIGEN

III.

Beim ersten Durchlesen hatte ich es nicht gleich bemerkt: Das waren meine Geschichten! Dieses erste Durchlesen war nur eine Art Überfliegen gewesen, allerdings kein oberflächliches. Es glich eher der hektischen Spurensuche eines Hundes. Ich las in das Heft hinein, schnupperte an den Rhythmen und Worten, als könnte ich mich selbst in ihnen wiederfinden.

Fürs erste hätte ich mich nicht weiter auf dieses Spiel einlassen können, auf die spannende Lektüre, das Abwägen von Zeichen und Hinweisen, die mir die geheimen Sehnsüchte der Verfasserin verraten würden. Ich hatte mich immer regelrecht geschämt für dieses Interesse am Klatsch, der nichts über die Literatur selbst verrät und die Kunst herabwürdigt.

Dennoch hätten mich Sapphos Gedichte beispielsweise weniger beschäftigt, wenn sie keine Frau gewesen wäre, und wenn aus den Fußnoten nicht herauszulesen gewesen wäre, daß es sich hier anscheinend um „pädophile Lesbierinnen“ handelte, in deren Unterricht anständige Eltern ihre Töchter nicht ohne Bedenken hätten schicken dürfen. Deshalb habe ich sämtliche, noch so kurze Notizen über Sappho gelesen, wegen des Klatsches, und auch ihre Lieder, wieder und wieder, denn ich suchte in ihnen Gründe für jenes Gerücht. Ich fand aber nichts, außer Frauennamen, die nicht eindeutig als Frauennamen zu erkennen waren; ich aber hielt sie dafür und war selig.

Sapphos Gedichte waren immer an einzelne Personen gerichtet: Atthis, Gongyla oder Anaktoria. Wir, die außenstehenden Leserinnen, vermögen sie nur zu umflattern, wie Schmetterlinge, die der Wein mit seinem Duft betäubt.

Ich überflog dieses Heftchen, was wegen der spärlichen Hintergrundinformationen freilich nicht wirklich befriedigend war und willkürlich Vermutungen provozierte, die zuzulassen mir schwerfiel, denn ich fürchtete, daß meine Interpretationen falsch sein könnten und ich später, wenn ich die Wahrheit erführe, enttäuscht sein würde.

Die einzigen Anhaltspunkte dafür, daß es sich um eine Verfasserin handeln mußte, waren die Rhythmen einzelner Gedichte, – ta-ti-ti-ta-ta –, der einzige Takt, den ich mir während meiner Schulzeit aus der sapphischen Strophe hatte merken können, weil ihre letzte Halbzeile höher schlägt und drängender fleht.

Das war zwar mehr als nichts, blieb aber trotzdem nur eine lächerliche und schwache Widerlegung dessen, daß der Verfasser ebensogut ein männliches Wesen sein könnte. Ich glaube allerdings, daß ich mich in diesem Fall überhaupt nicht mit den in den Gedichten beschriebenen Gefühlen hätte identifizieren können, obwohl ich weiß, daß die Gefühlswelt des realen Autors in keinem Zusammenhang mit den Emotionen steht, die das Gedicht beim Leser hervorruft.

Vermutlich hatten ebensoviele Dichter das ta-ti-ti-ta-ta benützt wie Vögel den Pfeifton, aber wenn jemand so offensichtlich bemüht ist, die ansonsten unregelmäßigen Verszeilen zu unterbrechen, so tut er dies vermutlich mit der Absicht, das Lesepublikum stutzig zu machen, ihm verborgene Zusammenhänge mitzuteilen, die aus der Feder einer Dichterin schön und aufregend klingen, mir aber von einem Dichter als reine, an den Haaren herbeigezogene, frivole Manier vorkommen muß – dabei spielt es keine Rolle, wie sehr ich meine eigenen Gefühle verberge.

EINE SCHAUSPIELERIN
IHR ABGEWANDT-GESENKTER BLICK IST PROVOKANT
IN DER ERHOBENEN LINKEN
EINE MASKE VON DOPPELTEM GESCHLECHT
DIE DAS WALLENDE TUCH ZU TRAGEN SCHEINT
WÄHREND IHR RECHTER RIESENKÖRPER
UNSCHULDIG IST UND NACKT
WIE IHRE EINSAMKEIT
SIE VERBIRGT IHRE KNOCHEN IN EINER WÜSTE
GEBRANNTE ROTE ÖDLANDSCHAFT

IV.

Endlich klare Worte, dachte ich mir beim ersten Gedicht, hinter dem tatsächlich eine Portion Zweideutigkeit stand, und ich stellte mir die Dichterin vor: eine Frau, eine gut Vierzigjährige, die kein Make-up verwendet, der Rouge und Eyeliner unbekannt sind, die sich die Augenbrauen nicht zurechtzupft, der sogar egal ist, wieviel sie wiegt.

Sie trägt keine Hosen, sondern geradegeschnittene Röcke, die das Knie bedecken, dazu Blusen. Die Jabots und Manschetten müssen immer wieder gerichtet werden und sitzen erst dann richtig, wenn es ihr gelingt, sie durch ihr unbequemes kurzes Jäckchen mit dem breitem Revers zu verdecken, jenes Jäckchen, das sie mit Vorliebe trägt, ebenso wie die flachen, aber nach vorne hin spitz zulaufenden schwarzen Schuhe.

Das einzige Zugeständnis der Dichterin – die sonst ihre Attribute streng verbirgt – an ihre Eitelkeit ist, daß sie einmal im Monat, etwas verlegen, zum Friseur geht. Sie muß nicht lange warten, läßt die Façon etwas nachschneiden und die Dauerwelle in ihrem kurzen, aber kräftigen mausbraunen Haar erneuern.

Hinterher sitzen die harten, sich um ihren Kopf schlängelnden Würste wie Fremdhaar. Es gelingt der Dichterin, um gut zehn Jahre älter zu wirken, und sie dürfte mit dem Ergebnis genauso zufrieden sein wie ein Mann mittleren Alters mit seinen grauen Schläfen und dem saturierten Bierbauch.

Sie hat es eilig mit dem Bezahlen und herrscht die Friseurin mit rauhem Ton an, das Kleingeld zu behalten. Und sie weiß natürlich, daß sie jetzt durchaus die Fotos ihrer Enkelkinder aus der Handtasche ziehen könnte, nur daß sie eben keine Enkelkinder hat. Sie überlegt indes schon seit längerer Zeit, ob sie nicht doch ein paar reizende Kinderfotos bei sich tragen sollte. Es wäre recht erfrischend, sie anzuschauen, man könnte damit sogar die gleichaltrigen Gelegenheitsbekanntschaften in ihrer penetranten Angeberei übertrumpfen.

Frauen aber betrachtet sie mit pubertärer, schamroter Empfindsamkeit. In der vertrauten Einsamkeit ihres Zuhauses stehen verstaubte, zwanzig, dreißig Jahre alte Fotos herum von halbherzig erwiderten, großen Lieben, über die sie ab und zu noch das eine oder andere geheimnisvolle Gedicht schreibt, und ich fühlte Mitleid mit der Dichterin in ihren unbequemen Kleidern, die sie heldinnenhaft trägt, erschöpft von dem Bemühen um Verwirklichung ihres schier unergründbaren Ichs, das sie, wie ihre betrübte Familie meint, ohnehin schon viel zu weit getrieben hat.

Mitfühlend las ich das Gedicht, von dem ich mir endlich Klarheit erhofft hatte, aufs neue. Aber ich mußte einsehen, daß es zwar klar und genau war, ich aber nicht verstand, worauf es hinauswollte. Keine Rede davon, daß meine dauergewellte, untersetzte Heldin derart konsequente Zeilen zu Papier bringen könnte! Dies wäre eher einem offenen, geouteten Bigamisten oder heimlichen Transsexuellen zuzutrauen.

Ich hatte es bisher sorgsam vermieden, aber nun dachte ich schließlich doch an mich, an Michi und Isolde. Ich war unzufrieden mit dem Gedicht, das mir nicht mehr gefallen wollte, ja, das mich zunehmend beunruhigte, und ich blätterte weiter, las das Heftchen zu Ende, und mir fielen Dinge ein, an die ich schon lange nicht mehr gedacht hatte, an die ich mich nicht erinnern wollte. Dabei vertrieben sie mir die Zeit, und ich nahm das Heft später vermutlich deshalb immer wieder in die Hand, um an meine Geschichten denken zu können und immer überraschendere Hinweise auf mich selbst darin zu finden.

Als ich Hostell diese glückliche Neuigkeit mitteilte, schwieg sie verständnislos; sie konnte sich an kein Heftchen in ihrem Zimmer erinnern. Erst als ich ihr das erste Gedicht zeigte, das irgendwer aus meinem Leben in diesen Band hinübergerettet hatte, und wiederholt darüber klagte, daß ich wegen der verlorengegangenen Blätter keine Informationen über den Verlag, das Erscheinungsjahr, den Illustrator oder die Druckerei hatte, die mir als Ausgangspunkt bei der Suche nach der Autorin hätten dienen können, erst da ließ mich die geheimnisvolle Hostell spüren, daß sie mir, selbst wenn sie es wüßte, nicht verraten würde, wer diese Gedichte verfaßt hatte.

IN SONNENFARBENER ELYPSE
GÖTTIN GESICHT ZWEI BEFLÜGELTE EROS
SIE WÖLBEN SICH WIE DIE HEIMLICHE SEHNSUCHT
UND DIE GLÜHENDE KRONE ÜBER IHNEN
DIE STRENGE FORM IHRES KÖRPERS AUS IRDENEM BROT
VOM SÜNDIGENDEN SCHÖPFER AUS LEHM GESCHAFFEN
ER WECKT DICH ZU LEBEN
UND LÄSST DICH ASCHE WERDEN

V.

Bevor ich soweit war, Ursula Hostell meine und Saras Warenhausgeschichte zu erzählen, hatte sich mir der Sinn aller Gedichte bereits erschlossen, und ich zerbrach mir den Kopf nicht mehr lange, wenn Hostell mir eines davon vorlegte. Es machte Spaß, darüber zu reden, was mich wunderte, denn bis dahin hatte ich nichts zu sagen gehabt, schon gar nicht über die Farbkleckse, die wir anfangs gemeinsam angeschaut hatten.

Hostell überraschte mich mit ihrem Lob über meinen Zugang zu diesen nüchternen und unpersönlichen Gedichten. Ich verstand bloß nicht, was sie mit *nüchtern* und *unpersönlich* meinte, wo es doch in meiner ganzen Jugend um nichts anderes gegangen war als um die rasende Sehnsucht, wegzukommen von meiner Liebe zu Mädchen, an deren krustiger Oberfläche auch die Gedichte leise aber ständig kratzten und dadurch diesen Ort in mir freilegten. Sogar die Kälte war mir damals erträglicher vorgekommen. Sie war für mich der einzige Ort, an dem ich nicht allein bleiben würde, denn ich kannte noch kein einziges Mädchen, das von mir hätte geliebt werden wollen, und das einzige, was ich auf meiner einsamen Pirsch gelernt hatte, war mein Hunger nach der Berührung durch eine Frau.

Selbst Sara konnte mich nicht vom Gegenteil überzeugen, obwohl sie mit gutem Beispiel voranging und ich Dutzende ihrer Liebhaber überlebte, vermutlich, weil wir uns darüber einig waren, daß es eine unglaubliche Dummheit sein mußte, mit einem Mann zusammenzuleben, und deswegen kam es mir verhältnismäßig bedeutungslos vor, daß Sara der Meinung war, man sollte sich doch einige von ihnen als Liebhaber halten.

Von meinem fünfzehnten Lebensjahr an hatte ich Sara stets begleitet: ins Schwimmbad, in die Disko, zu lauten Konzerten und in große Warenhäuser. Wir streunten zusammen durch die Stadt, aufgeputscht und schwelgend in den verbotenen Möglichkeiten, die sich Sara natürlich auf Schritt und Tritt darboten. Sie war schon damals eine begehrenswerte Frau, attraktiv, riesig, größer als die meisten Jungen in unserem Alter, und durch ihren naiven Charme hatte sie eine bestechend fröhliche Ausstrahlung.

Ich – unscheinbar und farblos – begleitete sie überallhin, wütend über ihren Charme, der sich wie die Sonne über alle gleichermaßen ergoß, und wütend, wenn sie versuchte, mich mit all den an der Nase herumgeführten Jungen abzuschütteln, deren Liebeserwiderungen sie in Wirklichkeit gar nicht interessierten. Dabei konnte Sara durch den Anblick eines muskulösen Männerarsches in Erregung geraten, und die Männer spürten genau, daß diese hochgewachsene, etwas arrogante Frau sie genüßlich beobachtete. Saras Spott machte sie alle verrückt, sie liefen ihr nach und stellten sich zur Schau, als wüßten sie nicht, was diesem gefährlichen und hungrigen Raubtier an ihnen gefiel.

Ich mußte Schmiere stehen und die aufgegeilten und betrogenen Jungs anschwindeln, dabei war ich innerlich eifersüchtig und begehrte Sara selbst ohne Unterlaß. Ich verstand die wild entschlossenen blinden Männer, die hinter ihr her waren, denn in mir steckte dieselbe Besessenheit. Ich hielt Wochen aus, um die Augenblicke zu erleben, in denen Sara sich im Zug auf der Heimfahrt an mich lehnte, sich anschmiegte und ich ihren Atem an meinem Hals spürte. Ihre Brust berührte meine Schulter oder meinen Arm und ich hielt sie bewegungslos, kaum atmend, wie einen Schmetterling. Aber ich spürte ihre Berührung noch tagelang, erinnerte mich wieder und wieder an sie, und jedesmal war es, als würde mir etwas vom Hals aus in den Magen rutschen. Langsam und heiß. So muß sich ein Junge fühlen, wenn er heimlich eine Erektion hat. Damals dachte ich noch nicht an solche Dinge, Sara aber schon. Sie betrachtete verwundert meine roten Ohren und kontrollierte jedesmal kichernd, wenn sie sich an meine Schulter lehnte, ob ich wohl rot wurde. Ich lief jedesmal rot an, und mein Verstand verfinsterte sich. Sie aber begann, die Macht auszunützen, die sie über mich hatte.

„Wir treffen uns beim Kino", sagte sie beispielsweise eines Nachmittags, als sie statt zum Volkstanzen ihre eigenen Wege ging, und sie legte ihre warme, schwere Hand in meinen Nacken und zog mich an sich. Ich hatte Mühe, meine Beine unter Kontrolle zu halten.

Den ganzen Nachmittag lang antwortete ich den Erzieherinnen, die sich nach Sara erkundigten, betont gelangweilt und lustlos. Ich sagte, ich hätte keine Ahnung – und wie sich hinterher herausstellte, stimmte das sogar. Nach dem Silentium trug ich Saras Namen in die Kinoliste ein, die auf dem Tisch herumlag, so als wäre sie am Nachmittag dagewesen und hätte das Recht, sich an dieser Abendunterhaltung zu beteiligen. Am Tor mußte ich dem Nachtdienst nur noch sagen, Sara hätte eben vor fünf Minuten von Frau Lea bereits Ausgang bekommen – dabei hatte Frau Lea an diesem Tag gar keine Aufsicht. Später würde das alles in Vergessenheit geraten, dachten wir, denn Sara durfte auch sonst, wegen ihrer hervorragenden Leistungen, immer ausgehen.

Ich trottete neben den anderen her und bemühte mich, so zu tun, als ginge ich ins Kino, als wollte ich mir den Film ansehen, über den meine Zimmernachbarinnen fröhlich schwatzten. Sie wunderten sich längst nicht mehr darüber, daß ich zwei Karten kaufte, zwei Plätze neben ihnen reservierte, mich aber nach dem Läuten zum Einlaß nicht mit ihnen in den Kinosaal drängte, obwohl ich hätte hineingehen können, denn Sara hätte mich auch im Dunkeln leicht gefunden und sich neben mich gesetzt. Aber ich konnte nicht hineingehen! Ich wartete im Vorraum, saß an der Bar des Büffets und starrte hinaus auf den Platz, beobachtete die ankommenden Straßenbahnen aufmerksam, musterte die aussteigenden Fahrgäste, geriet bei jeder großen, blonden Frau, die einen roten Mantel trug, in Aufregung und verstand mich dabei selbst nicht, denn Sara kam doch letztlich immer irgendwann ganz überraschend. Niemand interessierte sich dafür, warum ich mir den Film nicht anschaute: weder die Frau an der Kassa noch die Beleuchterin noch die Serviererin noch die Leute, die langsam zur Spätvorstellung hereingetrödelt kamen. Sie alle konnten mich genau sehen, konnten meinem Gesichtsausdruck entnehmen, daß ein Rendezvous geplatzt war. Ich bemühte mich angestrengt, einen blasierten Eindruck zu machen, während ich dasaß und mein Magen vibrierte.

„Sie kommt doch sonst nicht so spät", dachte ich mir, als die große, laut tickende Uhr anzeigte, daß der Film in einer halben Stunde zu Ende sein würde. Ich erkannte zwischen den drei Fotos, die im Schaufenster neben dem Eingang hingen, die muskulösen Körperteile von Milutin, dem Sioux. Die Hände in den Hosentaschen vergraben, seinen

Uniformrock über den Schultern und die Schwarzenegger-Frisur, die über die oberste Fotoreihe hinausragte.

Milutin hätte an diesem Nachmittag und Abend auch volkstanzen sollen. Er schien ohne Sara offenbar keine Lust dazu gehabt zu haben. Ich spürte förmlich den Geruch gekochter Eier, der aus Milutins fleischigen, sich kaum öffnenden Lippen dringen würde, wenn er mich – ohne daß ich genau gewußt hätte, warum gerade mich – fragen würde, ob Sara sich den Film ansieht, und ich ihm mit herausfordernder Schadenfreude sagen könnte, wo Sara tatsächlich ist und mit wem. So aber drückte ich mich vor den nicht zu beantwortenden Fragen, schlich in den Zuschauerraum und setzte mich lässig neben meine Zimmernachbarinnen, als wäre ich eben erst von einem aufregenden Rendezvous zurückgekehrt. Ich starrte auf die Leinwand und machte mir die wüstesten Gedanken.

Sara kam auf Zehenspitzen durch den Ausgang herein, setzte sich, nachdem sie sich kurz umgesehen hatte, gutgelaunt neben mich, zog meinen Arm an sich und begann zu flüstern.

„Der Sioux ist hier!" Daraus schloß ich, daß sie ihm erfolgreich ausgewichen war und den Kinosaal nunmehr mit mir zusammen unbemerkt verlassen können würde.

„Und was war?" fragte ich, während ich das Einstürzen der Mauern, die ich errichtet hatte, um mich gegen Sara zu schützen, gleichsam hören konnte und die Antwort fürchtete.

„Ich war mit *Mama* spazieren", sagte Sara. Es kam mir verdächtig vor, daß sie nicht weitererzählte. Da fiel mir Bela, Saras neuer Fachbereichsleiter aus dem Krankenhaus ein. „Bin ich vielleicht eure *Mama*?" hatte er gesagt; ich hatte ja keine Ahnung, daß er mit *Mama* gemeint war und Sara sich mit ihm traf.

„So lange?“ warf ich ihr mein langes Warten vor, während sie vergnügt meinen Arm streichelte.

„Ich habe ihn vom Krankenhaus aus nach Hause begleitet, aber er hatte etwas vergessen, und außerdem war sein Vermieter in der Wohnung, da hat er mich ins Internat zurückbegleitet. Ich hatte keine Lust hineinzugehen. Und stell dir vor, er hatte auch keine Lust dazu, allein zu bleiben, also begleitete ich ihn wieder bis nach Hause, und er wollte mich dann zurück …“

Nachdem du eine Weile in seiner Wohnung warst, dachte ich im stillen.

“… das habe ich aber nicht mehr zugelassen, denn ich wollte nicht, daß er Milutin trifft“, flüsterte Sara.

„Und was ist mit mir?“ schrie eine Person tief in mir drinnen auf, die oft zugegeben hatte, daß ihr etwas weh tat, diesmal aber wirklich niedergeschmettert war, genau wie ich.

Das muß Liebe sein, dachte ich, als ich Saras merkwürdige Geschichten hörte. Die Bilder auf der Leinwand verschwammen vor meinen Augen, mir schien, als sähe ich sie durch aufsteigenden Dunst oder klaren Rauch. Sara schwatzte so lange weiter über den schwarzen Bela, bis ich das Weinen nicht mehr unterdrücken konnte, den Kopf auf die Lehne des Vorderstuhles sinken und meinen Tränen freien Lauf ließ.

Ich verstand nicht, wieso sie es so leicht hatte, wieso sie inmitten all dieser gewagten Hasardspiele ausschließlich schöne Augenblicke verlebte und ich nur miese. Ich fühlte mich nach jedem harmlosen Rendezvous schmutzig und unmoralisch, es folgte eine tagelang andauernde Depression und schwer zu beschreibende Magenschmerzen, die nur durch Saras Berührung gelindert wurden. Ich glaube, Sara wußte Bescheid. Dabei sprach ich niemals mit ihr darüber, denn sie wäre nicht bereit gewesen, mich zu verstehen. Erklärungen waren vollkommen überflüssig. Sie tröstete mich nur dann, wenn *sie mich* brauchte, oder sie kam nach ihren verqueren Verabredungen zu mir zurück, und ihr Flüstern und Kichern ließen meine Ohren erglühen.

Aus welchem Stoff bin ich gemacht? Erschrocken sog ich ihren Atem ein, der nicht nach den gerauchten Zigaretten roch, nur nach Rum-Aroma, das mich an die Mehlspeisen ihrer Großmutter erinnerte. Sie hielt meinen Arm fest und ging endlich ausgelassen kichernd mit mir nach Hause.

VI.

Und mit einem Mal kam alles heraus, so klar, daß ich meine Augen senken mußte und sie monatelang während des Unterrichts und Silentiums halb geschlossen hielt, als würde ich lesen. In der Straßenbahn simulierte ich Schlaf, wie auch in jeder freien Minute, weil mich die Erkenntnis blendete, ich wollte nicht, daß irgend jemand außer mir die Wahrheit in meinen geöffneten Augen lesen könne.

Monatelang wollte ich Michi überhaupt nicht sehen. Hier in der Stadt verheimlichten wir unsere Verwandtschaft und benützten die enge Beziehung, die zwischen uns bestand, für die eine oder andere kleine Angeberei. Er imponierte seinen Freunden mit dem profunden Wissen über die Gewohnheiten der Fachschülerinnen, und ich konnte mich wegen Michi und seinen Freunden bei den Mädchen als etwas Besonderes fühlen. Sie gingen immerhin schon in die siebte Klasse des Gymnasiums, und zu ihrer Oberflächlichkeit paßte auch ihre Unbeholfenheit bestens, die sie den klugen Fachschülerinnen gegenüber an den Tag legten.

Sara hatte ich gesagt, Michi sei ein Verehrer, der mich schon seit langem verfolgte, bloß hätte er keine Chance bei mir, ich stünde nicht auf blonde Typen. Ich hatte eine Zeitlang den Verdacht, Michi suche wegen Sara meine Nähe, und ich bekam seinen Neid zu spüren, wann immer wir uns trafen und er die Gelegenheit fand, mich beiseite zu ziehen und argwöhnisch grinsend zu fragen:

„Was ist, hast du schon einen Fisch an der Angel?" – was in aller Zweideutigkeit nichts anderes bedeutete als: ob ich mich endlich mit einem Jungen treffe. Wenn ich dann Saras Namen erwähnte, drohte er mir:

„Hast du keine Angst, daß dir ein Schnurrbart wächst?" Sein Feixen und die brutale Art, hinter der sich ziemlich offensichtlich Mißgunst verbarg, waren schwer auszuhalten.

Als ich aus der Stadt in die Ferien fuhr, fühlte ich mich wie eine Verurteilte, die einige Monate zu Hause, im Schlamm versunken, verbringen muß. Saras Zug fuhr einige Minuten vor meinem ab. Wir drängten uns am überfüllten Bahnsteig vor dem Aufstieg zum letzten Waggon aneinander, damit ich bis zum Abfahrtssignal bei ihr bleiben konnte, denn sie haßte es ebenfalls, nach Hause fahren zu müssen. Wir zerbrachen uns den Kopf darüber, wie wir es wohl anstellen könnten, in der Stadt zu bleiben.

„Geh jetzt!" sagte Sara und stand schon mit einem Fuß auf dem Trittbrett. Sie drehte sich um und hielt mir ihr Gesicht hin. Ich konnte diese unmittelbare Berührung meiner Wange kaum erwarten, und die Geste, wie sie sich zu mir herunterbeugte, verursachte in mir bereits einen tiefen Trennungsschmerz, und niemand, nicht einmal der Schaffner, konnte bemerken, daß Sara mich zum Abschied anlächelte, verwegen, wie ein Filmstar.

Sie hob mein Kinn an und biß mir in die Lippe. Noch bevor das Blut zu tropfen begann, fuhr der Zug ab, und sie verschwand in seinem Bauch. Ich wartete vergebens auf ein Winken aus einem der sich entfernenden Fenster, während ich an meinen blutig-salzigen Lippen leckte. Mein Rucksack, mit dem ich mich nur mühsam und taumelnd in Bewegung setzen konnte, lastete schwer auf mir. Ich rannte zu dem Gleis, an dem – man hatte es bereits durchgegeben – mein Zug jeden Moment abfahren und mich mit sich ziehen würde, hinunter in die Tiefe.

DIE FESTUNG JEDER ENTFERNUNG: ENDSTATION
ARKADENUMRINGTES GRÜNES GEBÄUDE
AKAZIEN DRAUSSEN
UND SCHADHAFTE STEINBÄNKE VOLL GEDULD
DIE UNRUHIGEN TRINKER IN DER KNEIPE
ZUG UM ZUG
BLAUE BAHNWÄRTERKÖNIGE AUF FAHRRÄDERN
ZU BAHNSCHRANKEN UND ZURÜCK
AUF BEWACHSENEN SCHIENEN
VON HIER BIS DORT FÄHRT ER NICHT WEIT
IM UNENDLICHEN MAISFELD
EIN ROTER MOTORZUG

VII.

Die Tage drohten, mich zu ersticken. Nur meine Eltern schienen zufrieden meinen Fleiß zu beobachten, denn ich verbrachte meine Zeit lesend am Schreibtisch. Woher hätten sie auch wissen sollen, wonach ich in meiner Lektüre suchte, die ihnen so vielfältig vorkam: Verlaine, Michelangelo, Tersánszky, McCarthy, Oates, Diderot, Moravia und Baudelaire. Was dabei in meinem Kopf vorging, vermochten sie allerdings nicht zu sehen. Da war nichts, außer Sara. Sie hätten sich nicht darüber gefreut, denn sie erlaubten mir nicht einmal, eine kurze Sommerwoche bei ihr zu verbringen. Meine Bitte stieß auf Ablehnung.

„Sara hat doch keine Mutter mehr, und ich muß ihr helfen, das Haus weiß zu tünchen“, sagte ich, den Rat Michis befolgend. Die Pläne, die Michi und ich schmiedeten, strahlten immer vor lauter Farbe, vor Sonne und milder Luft. Unser Phantasiesommer war bunt und leicht, nicht so tot und erdrückend wie der, in dem wir nachmittags durch die Gassen radelten, schnell wie der Wind, mit flatternden Hemden, und dann durchgeschwitzt zu Hause ankamen.

Michi blieb dann immer noch eine Weile bei mir, denn er vermißte seine Freunde, mit denen er um diese Tageszeit vergnügt durch die Straßen der Stadt hätte ziehen können.

Mir aber fehlte Sara, und ich war mir seit langem sicher, daß es dabei ohne jeden Zweifel ausschließlich um sie ging; eine Stimme in mir sagte *Ich liebe dich* zu ihr. Ungestillte Sehnsucht und grenzenloses Begehren brannten unter meiner Haut, und es gab keine Hoffnung auf eine Erlösung aus diesem Zustand, wie ein Meer, das ausschließlich von unerfüllter Sehnsucht genährt wird.

Zu allem Uberfluß war ich es schließlich selbst, die die Beteiligten über den wahren Stand der Dinge aufklärte.

Michi erfuhr es in jener Nacht, als er gegen drei Uhr bei uns Sturm läutete. Der Himmel war bereits violett, und die Weiden zitterten wie riesige Federn an seinem grauen Rand. Mein Vater öffnete ihm die Tür, war ziemlich kühl und wünschte Michi eine gute Reise, nachdem er ihm mitgeteilt hatte, daß ich nun doch nicht mitfahren dürfe.

Ich konnte Michis Antwort nicht verstehen, hörte nur, wie er sich laut und zornig schimpfend auf den Weg zum Bahnhof machte und vermutlich grübelte, was wohl geschehen sein mochte. Später erzählte ich ihm, wie die Sache aufgeflogen war. Damals war es für mich nur ein schwacher Trost, daß er mit der Geschichte anders umging als meine Eltern, die am Vorabend einen Briefumschlag geöffnet hatten, der auf meinem Schreibtisch lag.

Dabei hätten die Umstände an sich sie gar nicht beunruhigen müssen: Michis geplante Auslandsreise mit seinen Freunden, daß er mich vorher zu Sara zum Renovieren begleiten würde, denn es lag auf seinem Weg, und er konnte mich auf diese Weise sicher bei meiner Freundin abliefern.

Die Filzsocken und Wanderschuhe jedoch, ohne die ich mich aber laut Michi in der Tatra lächerlich gemacht hätte, weckten schließlich das Mißtrauen meiner Mutter. Außerdem konnte sie meinen nagelneuen Reisepaß nicht mehr in der Schublade finden, in der alle Ausweise aufbewahrt wurden. Ich hatte ihn bereits vor Wochen herausgenommen.

„Wird das Mädchen in Wanderschuhen ausmalen?" fragte meine Mutter am Abend vor meiner Abreise und sah dabei meinen gutgläubigen Vater wie einen Idioten an, der annahm, Sara und ich würden in der kargen Umgebung Ausflüge machen. Sie untersuchten mein Reisegepäck, das Michi als *hervorragend geeignet* abgesegnet hatte und das darauf wartete, in den Rucksack gestopft zu werden, und sie sahen sich auf meinem Tisch um.

Meine Mutter muß geahnt haben, daß sie die Bestätigung ihres Argwohns in diesem zartlila Briefumschlag finden würde und riß ihn auf, noch bevor mein Vater es hätte verhindern können. Sie las den einzigen Brief, den ich Sara jemals geschrieben habe, und hielt ihn sterbensbleich meinem Vater unter die Nase. Mutter verließ mein Zimmer mit schmalen, zusammengepreßten Lippen, als wollte sie sie niemals wieder öffnen, und sprach tagelang kein einziges Wort.

Minuten später kehrte ich zurück und schob mein Rad in den Hausflur. Ich lehnte die Lenkstange gegen die Mauer, durch die Berührung läutete die Glocke hell, ich spürte die bleierne Schwere der Stille, die sie soeben gestört hatte, und ging auf mein Zimmer. Dort lag all mein Zeug herum und mitten auf dem Schreibtisch der aufgerissene Briefumschlag.

Ich schwitzte vom Radfahren und vor lauter Aufregung. Noch an der Ecke hatte ich daran gedacht, von zu Hause abzuhauen, um den unangenehmen Fragen zu entkommen, denn ich wußte, daß es vorbei war: aus der Tour in die Tatra würde nun nichts mehr werden. Das einzige, was ich noch wollte, war, meinen Brief zurückbekommen, nichts anderes. Sein Anfang fiel mir ein: *Geliebte.*

Schon beim Niederschreiben hatte ich mich schlecht gefühlt, aber jetzt, da ich mir mein Bekenntnis, das Sara selbst niemals erfahren hätte, in Mutters Kopf vorstellte, drehte sich mir der Magen um, und ich mußte mich fast erbrechen.

Wahrscheinlich habe ich ein erschreckendes Bild abgegeben: ein halb erwachsenes Mädchen mit schlecht sitzendem, kurzem Haar, mit zusammengekniffenem, verzogenem Mund und müdem, haßerfülltem Blick. Eine böse Maske. Dabei war das alles bloß der Ausdruck meines Leidens.

Jene Enthüllung gab mir das Gefühl, mein Leben sei vorbei. Ich hatte im Brief geschrieben, daß mir das Zeltlager mit Michi nichts bedeutete, denn Michi sei ein Junge, und ich würde ihn niemals so lieben können, wie ich Sara liebte. Nur wußte das jetzt nicht Sara, sondern meine Eltern. Die Sache ging sie überhaupt nichts an, und sie hatten nicht die Macht, das zu ändern, was sie über mich erfahren hatten.

Sie sind für ihre Neugier hart bestraft worden. Dabei dachte ich, ich wäre die einzige, die zu büßen hatte, denn sie hatten beschlossen, mich wegen meiner Lügen und der Aufregung, die ich verursacht hatte, zu bestrafen, und sie sperrten mich in mein Zimmer ein, statt mich verreisen zu lassen.

Die Fahrt mit Michi allein, ohne Sara, wäre aufgrund der lähmenden Treue, die mich immer stärker an meine Freundin band, ja doch nur eine Bußfahrt und Tortur geworden.

VIII.

Ich schlug die Tür hinter mir zu, der lange Gang erbebte, und ich machte mich mit einem Einsiedeglas voller Kleingeld auf den Weg zum Bahnhof, um Sara zu besuchen, denn ich wußte, ohne sie würde ich innerlich ausbluten.

Es war eine Flucht, denn ich hätte niemanden in der Familie in meine Pläne einweihen können, nicht mal mein Bruder hatte in den letzten Tagen mit mir gesprochen, wahrscheinlich zu Recht. Aber ich fühlte mich nur noch unbehaglich und gehetzt und hatte genug von den Vorwürfen und Gewissensbissen. Alles hatte ich satt.

Ich hatte das Gefühl, einen Tunnel entlangzulaufen, als ich zwischen den kleinen Häusern und Akazien Richtung Bahnhof ging, und ich begriff mit einem Mal dieses einst so prunkhafte Dorf mit all den geheimnisvollen Gebäuden und bröckelnden Fassaden, wie dem Hotel *Hungaria*, einem Eckhaus, das von einem rostigen, schmiedeeisernen Zaun umgeben war und von einem verwilderten Garten, an dessen Feuermauer früher halbkreisförmig der Name geschrieben gestanden hatte, und das nun nicht mehr als Hotel diente.

Es gab auch kein Schwimmbad mehr, nicht mal ein Schwimmbecken im ganzen Dorf. Trotzdem stand da an einem baufälligen kleinen Gartentor deutlich sichtbar die Aufschrift *Strandbad*. Und das *National* war nichts weiter als eine dreckige Kneipe, neben der Neonaufschrift konnte man gleichsam als Fortsetzung unter dem neueren, schwächeren Verputz den alten Schriftzug *Kasino* erkennen. So vegetierte die Hauptstraße vor sich hin, und kein Mensch liebte ihren einstigen Reiz.

Mit ihr teilte ich mein Verstecktsein und zog mich in mich selbst zurück, weil ich nur in mir drinnen einen Schlupfwinkel fand, in dem ich unschuldig sein konnte. Es war ein Winkel, der wie von einer anderen bewohnt wurde, die ein Teil von mir war, die an meiner Stelle flüsterte und handelte, jedoch nur Dinge tat, die auch mir recht waren. Kaum hatte ich meine Augen geschlossen, stand ich schon vor Saras winzigem Haus in der ländlichen Kleinstadt in einer Gasse, die genauso aussah wie jene, aus der ich eben geflohen war.

Ich öffnete das Gartentor und trat leise unter die Arkaden. Die Küchentür stand offen, Sara mit dem Rücken zum Eingang am Herd, und noch bevor sie sich umdrehen konnte, trat ich hinter sie und hielt ihr meine beiden Hände vor die Augen. Sara versuchte verärgert, sich freizumachen, ich ließ es nicht zu, bis sie mir über die Hände und Finger strich und mich an meinem dünnen Messingring erkannte. Sie beugte sich nach hinten, schmiegte ihr Gesicht an meines, umschloß ihren Bauch mit meinen beiden Händen und lehnte sich mit dem Rücken an mich.

Die Berührung ließ die kleine Küche vor mir verschwimmen, den Blumenkranz an der emaillierten Herdtür, die künstlichen Rosen, die silbrigen, an die Wand gewalzten Muster, den röhrenden, geweihlosen Hirsch, den Saras Vater an einer Kirmes-Schießbude für drei Treffer bekommen hatte und der jetzt die Garderobe zierte, die zerschnittene Wachsdecke auf dem Tisch, den gestampften Lehmfußboden unter dem Nylonvorhang am Fenster und das knisternde Radio auf einem Hocker in der Ecke, das mich, sobald ich Sara erreicht hatte, mit ihr zusammen auf heißen und glücklichen Wellen dahinschaukeln ließ.

Jetzt, da die Bewohnerin dieses tröstlichen Winkels mich verführerisch und mit vertrauten Einzelheiten hierhin gelockt hatte, beschleunigte sich das Tempo der Handlung, und der Film, den sie auf meine innere Leinwand projizierte, zeigte einen aus seltsamen Nahaufnahmen zusammengeschnittenen, ersehnten und nachgiebigen, durstigen und werbenden Kuß, eine Szene, die mehrmals hintereinander ablief und keine Fortsetzung finden konnte.

Sara hatte den Kuß bekommen, aber ich ermattete, sooft ich diese Filmszene verfolgte. Darin sah ich nicht mich selbst, sondern nur dunkle Schultern, die sich über Sara beugten, und einen Nacken, kräftiger und breiter als meiner. Ich spürte Saras weiche, bereitwillige Lippen aber deutlich, und der Film wiederholte sich und konnte nicht angehalten werden.

Manchmal kam es mir vor, als interessierte sich die Bewohnerin meines geheimen Winkels, die teils mit mir identisch war, für nichts anderes als für diese fiebrige Liebe. Es war erdrückend und bitter, weil nicht das geschah, was ich mir gewünscht hatte, und der Film dennoch immer wieder vor mir ablief, stundenlang, als ich unter den Arkaden saß und darauf wartete, daß der Vater oder die Großmutter nach Hause kämen, um mir endlich zu sagen, wo ich meine Sara würde finden können.

ICH BIN EIN TAL – GETRENNT DURCH EINE BRÜCKE
AM ANDEREN UFER KEHRT SCHON LANG DER WINTER EIN
DIE JÄGER KOMMEN NICHT ZU MIR
NUR FALKEN ODER BLUTDURSTIGE HUNDE
IHR LAUF VERLANGSAMT SICH KEHRT UM
DER LEERE MOND BRICHT ÜBER SIE HEREIN

IX.

Als unser Zug samt Schlafwagen in der dünn besiedelten Einöde zum ersten Mal neben einer Reihe von Waggons anhielt – Arbeiterunterkünfte, die auf ein totes Gleis geschoben worden waren –, wurde es draußen schon hell. Aus einem der Waggons stieg ein Mann, er trug ein Trikot, kämmte sich, spuckte aus und schneuzte sich schließlich den Rotz zwischen Daumen und Zeigefinger.

Nicht nur ich allein hatte diese Szene beobachtet, alle sechs Mädchen im Abteil grinsten angeekelt über diese Zustände, die selbst hier herrschten, in der Stadt am Meer, die sonst so schön war an diesem ungewöhnlich kalten Spätherbsttag, mit den Palmen, die man bereits vor dem Winter geschützt hatte, und dem flaschengrünen Meer. Aber die überdimensionalen, halbfertigen Häuser, die aufgerissenen, lehmigen Straßen, die Spucke auf den Gehsteigen und der durchdringende Fischgeruch, der aus den leeren Geschäften quoll, löste bei uns genau denselben Ekel aus wie die Kälte der Internatsräume mit den Eisenbetten und den Waschräumen, in denen sich auch die Toiletten befanden. Sie wurden nicht ausreichend mit Wasser versorgt oder von zu vielen Menschen benützt. Bis zu den Knöcheln wateten wir in zerknitterten und verfärbten Toilettenpapierfetzen.

Mit angehaltenem Atem hockten wir beklommen über den Klomuscheln, die bis an den Rand voll flüssiger

Scheiße waren, aber es schwamm niemals Papier drin, denn das Papier legte man immer daneben, damit es keine Verstopfung gab. Nach den ersten Versuchen entschieden sich die zivilisierten Touristen für den Park und träumten hinter dem dunklen Immergrün von WC-Enten.

Ich wußte natürlich, wie unwichtig all das war. Was zählte, waren die Geduld und der Erfindungsgeist all dieser Mädchen, die während der großen Herbstparaden miteinander unter den roten Transparenten – auf denen die Portraits der Politiker und Militärs abgebildet waren – zu Militärmusik Walzer tanzten und die diese Umstände als gegeben akzeptierten und ertrugen. Ich zog durch die Straßen und begegnete immer wieder einer Figur, die auch die Aufmerksamkeit der anderen auf sich zog.

Wir nannten ihn wegen seiner schwarzen Kleidung *Onkel Zorro*, dabei war ihm deutlich anzusehen, daß er schwul war. Seine Perücke rutschte zur Seite, er trug weiße Handschuhe, einen Anzug, einen Spazierstock; sein Gesicht war glattrasiert, faltenlos, und er war immer bereit, mit faszinierenden Grübchen zu lächeln. Der Herr Künstler war zwar allgemein bekannt, aber dennoch unsicher und einsam. Dabei schien er während seiner Spaziergänge nicht allein zu sein, sondern wirkte wie von Freunden umgeben. Und statt erschrocken oder lüstern angeschaut zu werden, schien er überall gute alte Bekannte zu treffen. Er lüftete den Hut, nickte und grüßte lächelnd oder beobachtete distanziert einen vorbeidrängelnden Fußgänger, der nur in seiner Phantasie existierte, und er klopfte mit seinem Spazierstock auf den Asphalt, wobei seine dicken, weißen, kleinen Finger sich mit zierlichen Bewegungen von den steifen Handflächen lösten.

Damals hatte noch keine von uns etwas über die Gulags gehört, in denen der Herr Künstler möglicherweise seinen Verstand verloren hatte, also glaubten wir den Gerüchten, die sich um seine Person rankten. Er sei ein Informant, sagte man, und nicht mal die Tatsache, daß wir ihn niemals mit irgendwem reden sahen, vermochte unseren naiven Glauben zu erschüttern. Im Gegenteil. Für uns war das ein zusätzlicher Beweis, und wir stellten uns nicht mal die Frage, wie er wohl auf diese Weise Informationen weitergeben konnte. Wir hätten dahinterkommen müssen, daß der Herr Künstler die Verkörperung einer für eine einzelne Person eingerichteten Strafkolonie war, das war ganz eindeutig zu sehen. Aber er war dadurch weder etwas Besonderes noch etwas Durchschnittliches, denn er büßte lediglich dafür, daß er das war, was er war – ein Außenseiter, den man nicht mal hätte dulden müssen.

Wir waren nicht gerade begeistert, als der Hausmeister im blauen Arbeitsmantel die Renovierung der Duschen ankündigte und uns gleichzeitig damit tröstete, daß ganz in der Nähe des Internates das öffentliche Bad sei, alles in allem ein paar Stationen mit der Straßenbahn in Richtung Meer, und es sei ausgesprochen angenehm.

Wir glaubten ihm nicht, mußten aber schließlich doch zugeben, daß er nicht gelogen hatte. Hätten wir uns aber, anstatt ein Bad zu nehmen, gleich wieder davongemacht aus der dunklen, zugigen Umkleidekabine, in der wir auf unbewachten, grob geschnitzten Holzbänken Platz für Berge von Kleidern gefunden hatten, so hätten wir niemals erfahren, was für eine Oase mitten in der Stadt diese blau gekachelte Dusche doch war. Dunkle, kräftige Frauen standen unter dem Wasserstrahl, rieben und seiften ihre gerötete Haut und rasierten einander ungeniert die Beine, bevor sie sich abtrockneten und ihre Unterwäsche anzogen, ohne jegliche Koketterie.

Jedesmal wenn Frauen in Badeanzügen eilig die dem Umkleideraum gegenüberliegende Tür aufrissen, zog ein

Luftstrom durch den Duschraum. Wir öffneten sie auch einmal, aber im dichten Dunst war nichts zu sehen. Der kalte Wind, der durch die Ritzen der alten Wellblechhalle pfiff, ließ uns sogleich erschauern. Vor unserer Nase führte eine Treppe hinunter, und die nun in der Zugluft stehenden Mädchen knallten hinter uns lautstark die Tür zu. So gingen wir also ins Wasser, denn dorthin führte die Treppe.

Wir versanken rasch im goldfarbenen, lauwarmen Wasser des Beckens, setzen uns auf die Betonbänke und schauten uns in den dichten Dunstwolken um, die das leise Gemurmel in Wellenbewegungen wie Echos bewegten. Nach und nach konnten wir die entspannten, schwebenden, weiblichen Gesichter an der Beckenwand erkennen, und weiter entfernt auch die sinnierend vor sich hin starrenden Schwimmenden. Der hellgraue Tag fiel durch die breiten Risse zwischen dem Dach und der Wand herein, die durch ein rostiges Aluminiumgerüst gestützt war, und wir konnten den Park sehen, wo ein starker Wind beharrlich an den wenigen auf den Zweigen verbliebenen, rötlichen Blättern zerrte. Uns war nicht mehr kalt.

Wasser, warmer Dunst und sanfte Geräusche schaukelten uns in diesem Sanktuarium, in welches das Leid der Außenwelt nicht einzudringen vermochte. Am anderen Ende des Beckens führte eine Treppe in den Umkleideraum der Männer, und wir hätten den glatzköpfigen Onkel Zorro in seiner schwarzen Turnhose wohl nicht erkannt, wenn er nicht mit grazilen Bewegungen nach links und rechts gedeutet und seine unsichtbaren Freunde auf die ihn umgebenden, allerdings rasch frei werdenden Plätze gewunken hätte.

ÄSTE IM MONDLICHT BIN ICH DAS ANDERE UFER
BRÜCKENLOS UND UNBEHELLIGT
DURCH MEINEN WALD STREIFT DÜRRES WILD
ERWARTET VON DEN FEDERLASSENDEN HIMMELN
SO LÄSST EINE HUNGRIG GRAUE MASCHINERIE
DEN WINTER UM MICH FUNKTIONIEREN

X.

Wir setzten uns weiter weg, dabei wäre ich gerne geblieben, um Onkel Zorro beobachten zu können, wie er entspannt und leise im Wasser dahintrieb. Aber Emese, die sich mir, wenngleich sie mich häufig störte und langweilte, während dieser Reise angeschlossen hatte, drängte mich aus der Nähe des Herrn Künstlers weg. Emese und ich kannten uns nur vom Sehen und hatten niemals zuvor miteinander gesprochen, obwohl wir an der Hochschule manchmal dieselben Kurse belegten. Sie drängte mich aus der Nähe des Künstlers weg, als hätte er eine ansteckende Krankheit, denn es war ihr eingefallen, was die Leute alles über diesen Mann tuschelten.

Emese freute sich, einen Anknüpfungspunkt gefunden zu haben, um über ihre eigenen Erfahrungen mit Homosexualität zu berichten, die sie im Kreis ihrer Zimmernachbarinnen in Dobszerda gesammelt hatte. Zum Glück hausten die beiden Infizierten hinter der zweiten Tür, die vom gemeinsamen Studierzimmer ausging. Es war ihnen nicht gelungen, ihr Geheimnis vor der spitzfindigen Emese zu verbergen. Sie versuchten erst gar nicht, ihre Beziehung salonfähig zu machen, vermutlich weil sie dachten, die Unschuldsvermutung gelte auch in ihrem Fall. Tat sie aber nicht.

Vor allem Emese ließ sie nicht gelten, beobachtete die beiden mit erstaunlicher Einfühlsamkeit und erkannte, daß es sich nicht um das gewohnte Hick-Hack unter Freundinnen handeln konnte, wenn Lerche abends ohne Isolde aus der Stadt zurückkehrte und Isolde erst spät nachts heimkam. Einer solchen Szene folgte gewöhnlich ein einwöchiges Leiden beiderseits.

Unglücklicherweise wohnte Emese der Versöhnung nicht bei, aber sie glaubte sofort den untrüglichen Eindruck, den Balsam, der in der Luft lag, zu spüren und zu erkennen, daß nicht die übliche, freundschaftliche Zuneigung aus Isoldes und Lerches Blick strahlte, sondern ernsthafte und unabänderliche Verliebtheit. Vermutlich erfaßte Emese die zurückgehaltene Sehnsucht und das Begehren, das hinter Lerches Gefallsucht stand, noch früher als Isolde, vielleicht sogar früher als Lerche selbst. Jedenfalls wurde ihr bewußt, daß Lerche und Isolde „schwul“ waren, und sie verbreitete dieses Gerücht in der gesamten Hochschule. Aber darüber konnten Lerche und Isolde nur lachen. Sie wehrten sich dagegen, mit diesem Stigma versehen zu werden – später entfernten sie sich tatsächlich voneinander, hilflos und voller Kummer.

Ich glaubte Emese, die im gemeinsamen Studierzimmer ständig Pullover für ihren asiatischen Freund strickte, wobei ihre kleinen Augen, die in ihrem jungmädchenhaften, ebenmäßigen Gesicht saßen, erstaunlich viel mitbekamen. Wann immer ich konnte, brachte ich das Gespräch auf Onkel Zorro und schließlich auf die beiden Zimmernachbarinnen, die ich nicht einmal vom Sehen her kannte. Dabei hatte ich einen Großteil meiner Schulzeit mit genauem Beobachten verbracht. Aber es gab keine, die so aussah wie auf der Illustration im alten Lexikon, die ich unter *Lesbierin* gefunden hatte. Michi hatte mich darauf aufmerksam gemacht und amüsierte sich köstlich an jenem strahlendblauen Nachmittag in der Stadtbibliothek von Dobszerda.

Eine frivole Frau in dunklem Anzug, mit Fliege und Spazierstock, die aussah wie eine Krähe auf dem Baum vor dem großen Fenster. Der Zeichner hatte bloß den Schwanz und die Krallen vergessen. Ich konnte keine Ähnlichkeit zwischen mir und dem Bild entdecken, selbst auf Michis boshaftes Getuschel hin nicht, aber ich hätte mich gerne den Krähen angeschlossen, die in den schwarzgrauen Baumkronen kauerten. Außer mir hatte ich noch nie eine *Lesbierin* gesehen.

Sosehr ich auch versuchte, mich an die Gesichter zu erinnern, es gelang mir nicht. Ich hatte erst hier in dem Thermalbad erfahren, daß zu Hause, vor meiner Nase, zwei Frauen einander liebten, die laut Emese zweifellos in aller Öffentlichkeit bewußt lesbisch waren, denn es kam Emese nicht in den Sinn, daß die Betroffenen selbst über das, was sie doch so klar vor Augen hatte, nichts wußten, daß die beiden es weder ernst nehmen noch akzeptieren wollten, sondern die Sache lieber ganz tief in sich vergruben und noch jahrelang erschrocken und unter Bauchkrämpfen ihrem Weinen über ihre nie gelebte Liebe lauschten.

Mein Interesse hatte sich durch meine übertrieben geheimgehaltenen Nachforschungen deutlich gesteigert. Als wir von der großen Reise nach Dobszerda zurückkehrten, besuchte ich Emese ein einziges Mal – nicht, ohne mich wochenlang darauf vorbereitet zu haben – in ihrem Zimmer im Internat, um mir ein Skript von ihr auszuleihen.

Da saß im Studierzimmer in der Nähe der zweiten Zimmertür tatsächlich ein knochiges, muskulöses Mädchen, und es dauerte eine Weile, bis ich herausfand, daß es sich dabei weder um Isolde noch um Lerche handelte. Dabei wollte ich die beiden sehen und meinte, sie in diesem Mädchen wiederzuerkennen: in der Einsamkeit und Verdrossenheit, die sie umgaben, und in ihrem zögerlichen, rhythmisch wackelnden Gang, der mich faszinierte, sooft ich sie heimlich verfolgte. Ich beobachtete ihre bemerkenswerten Gewohnheiten, als wäre ich ein Ziegelstein in der Turnhalle, wo es laut schnaufte und dröhnte, und wo ich mich immer häufiger aufhielt, denn diese Isolde-Kopie war eine besessene Ballspielerin. Nebenbei lief sie auch Eis und ließ sich an den Fachabenden und auf Festen sehen, auf denen ich – zwar vorsichtig, aber dennoch gezielt – nur nach ihr Ausschau hielt. Ich versuchte, ihre Beziehungswelt aus den Blicken, die sie ihren Freunden zuwarf, und aus ihrer Mimik zu ergründen.

„Mir hast du auch so nachspioniert, stimmt's, Leona?" fragte Rachel zärtlich und verständnisvoll, aber als sie den Mund verzog, spürte ich hinter ihrem gequälten Lächeln eine Spur von Bedauern. Sie hatte etwas wiedererkannt, wie einen verschenkten Schal um den Hals eines Unbekannten, und sie beschrieb langsame Kreise auf dem Rand der Eisfläche. Ich zog die Schuhe an, die ich mir geliehen hatte, und saß im Schnee, erstaunt darüber, wie leicht sie sich bewegte; sie glitt sanft auf blanken Kanten, sanft, wie auch ihre Gefühle waren.

Mit Schallgeschwindigkeit zogen die Eislaufenden hinter ihr ihre Runden. Manchmal sah ich das Mädchen, auf das ich Rachel soeben aufmerksam gemacht hatte, sich wie einen schnellen, blauen Fleck entfernen.

Ich erhob mich schwerfällig und stand einen Moment lang unsicher auf meinen Schlittschuhen, um gleich wieder in den Schnee zurückzufallen.

„Ich trau' mich nicht loszufahren", rief ich Rachel frierend zu und begann, die Schuhbänder wieder zu lösen.

SCHAFE UMWÖLKEN DEN HÜGELFUSS
EIN FRIEDHOF BESCHREIBT SEINE MITTE
UND AUF DEM DACH IM DUNST ZWEI TANNEN
MEIN RUHEN IST EIN KLEINER TOD IM GRAS
DREI REHE BEOBACHTEN MICH
RÖHREND FRAGT MICH EINES
UND GIBT GLEICH ANTWORT MIR
INS BILD MISCHT SICH GEKLÄFF
ZEICHNET SICH AB WIE EINE STÖRUNG
SCHRECKT SIE AUF EIN FALSCHES REH
DIE HERDE STELLT SICH AUF UND ZIEHT VORAN
UND BESCHREIBT SICH DABEI IMMER AUFS NEUE

XI.

Ich hatte Rachel unter den an der Hochschule herumschwirrenden, von Liebesbeziehungen schwärmenden Mädchen nach wissenschaftlichen Kriterien ausgesucht, denn mein Lexikon suggerierte mir überzeugend, daß Zwillinge eine besondere Neigung zum eigenen Geschlecht zeigten. Als sich nun herausstellte, daß Rachel eine Zwillingsschwester hatte, wollte ich sie um so hartnäckiger haben.

Ich mußte ganz sichergehen, wollte jedoch die kleinen Einschränkungen, von denen das Lexikon sprach, nicht wahrhaben, denn sonst wäre ich ohne jegliche Hoffnung dagestanden. Die wichtigste Einschränkung bezog sich nämlich auf eineiige Zwillinge und diesbezüglich mehr auf Männer, bei denen der Anteil der Homosexuellen die Nicht-Zwillinge aber wiederum nur um einige Prozent übertraf, was genausogut auf die intensivere Beobachtung von Zwillingen generell zurückzuführen sein konnte.

Auch das letzte Kriterium, welches das Lexikon in bezug auf die „Lesbierin" anführte, hätte mein sorgfältig zur Ruhe gebettetes Mißtrauen wecken sollen. Es besagte, daß der Komplex geschlossener Türen typisch für homosexuelle Frauen sei. Er äußere sich in den Hemmungen, die solche Wesen beim Öffnen geschlossener Türen und dem Betreten dahinterliegender Räume entwickeln. *Sie stehen unentschlossen davor, halten inne, und wenden sich wieder zum Gehen. Sofern sie nicht allein unterwegs sind, schicken sie ihren Partner vor.*

Rachel eignete sich zum Beispiel sehr gut dazu, vorgeschickt zu werden, weil sie ihre Nase, ohne zu zögern, neugierig und interessiert in alles hineinsteckte.

Eines Abends kam Rachel in unser Zimmer gefegt, als ich mit nassem Haar auf meinem Feldbett saß. Weder die Haarwäsche noch das ständige Umordnen meines Rucksakkes konnten mich von der Hyperaktivität der Erstsemesterinnen ablenken, die sich für den Begrüßungswettkampf fertigmachten, jene Begrüßung, die die Halbgötter der höheren Semester ihnen zuliebe organisiert hatten.

Rachel klopfte fest an, betrat ohne zu zögern den Raum, in der Hand einen blaßlila Briefumschlag, von dem sie meinen Namen ablas. Ich wagte kaum zu antworten. Ein Brief in einem solchen Umschlag konnte nur von Sara kommen, die mittlerweile Krankenschwester geworden war und mir bislang nicht ein einziges Mal geschrieben hatte, auch wenn ich ihr zum Abschied die von Michi erbettelte Briefmappe geschenkt hatte.

„Hat das Briefpapier auch diese Farbe?“ erkundigte sich Rachel, worauf alle anderen herumschwirrenden, halbangezogenen Mädchen innehielten und mich durch die Parfümwolken anstarrten, die über dem Mehrbettzimmer schwebten. Ich saß da, Wasser tropfte von meinen Haaren auf das T-Shirt und das ungebügelte Hemd lag neben mir. Ich bedankte mich ein wenig unbeholfen bei Rachel, nachdem sie mir erklärt hatte, der Portier hätte sie mit dem liegengebliebenen Brief durch die Zimmer geschickt.

Zum Glück lenkte eines der Mädchen, das beim Bügelbrett Schlange stand, Rachels Aufmerksamkeit vom Briefpapier ab, denn sie fragte, ob es wohl möglich sei, daß sie Rachel schon mal an der Hochschule einer anderen Stadt gesehen habe. Fast hätte ich die Antwort überhört, so sehr war ich mit dem Brief und meiner Verstörtheit beschäftigt.

„Du hast meine Zwillingsschwester gesehen", erkannte Rachel die Verwechslungssituation sofort, und ich hatte nicht den Mut zu fragen, ob sie ein eineiiger Zwilling sei, aber von da an stand für mich unsere Sache fest.

Nach ein paar Tagen war es auch Rachel aufgefallen, daß sich meine Aufmerksamkeit, mein angstvolles, aber beständiges Werben auf sie bezog. Erst einige Monate später hatte ich den Mut, ihr gegenüber offen zu sein: an einem Abend, der mit einer Nikotinvergiftung enden sollte. Ich hatte sie zum Essen eingeladen, in das einzige Lokal, dessen geräumige Nischen sich hinter Vorhängen verbargen. Man konnte sich hierhin für ernstere Gespräche zurückziehen. Ich bestellte einen Tisch, gab aber nicht zu, ihn bestellt zu haben, sondern spielte die Überraschte. Was würden sich zwei Mädchen in einem Séparée schon zu sagen haben, das nicht auch an einem gewöhnlichen Gasthaustisch besprochen werden könnte? In der Nische war es angenehmer! Wir rauchten eine ganze Schachtel Zigaretten, obwohl wir beide Nichtraucherinnen waren, und am Ende des Abends fragte Rachel sehr freundlich und direkt:

„Du stehst doch auf Mädchen, nicht wahr?" Es kam ihr, obwohl sie es schon lange geahnt hatte, komisch und zugleich aufregend vor. Und auch die Tatsache, daß es um sie ging.

„Daran ist nichts Schlechtes oder Abstoßendes", beruhigte sie mich.

„Ich hab' dich auch lieb, allerdings nicht so, wie du mich." Ich gab mich scheinbar zufrieden und war ihr sehr dankbar dafür, daß sie meinen durchsichtigen kleinen Trick erst jetzt zu durchschauen vorgab, jetzt, da sie mir eine Antwort geben konnte, wenn auch nicht die, die ich mir gewünscht hatte. Sie verhielt sich aber auch nicht ablehnend, sondern verständnisvoll, und diese Vertraulichkeit tat uns beiden gut. Wir sprachen erst Monate später wieder darüber, als ihre Zimmermitbewohnerinnen übers Wochenende verreist waren. Ich blieb da und sie auch. Es sollte allerdings bei diesem einen Mal bleiben.

Auf ihrem Bett saß ein Plüschhase mit grünem Kittel, roten Augen und einer lustigen, leicht frivolen Miene. Sie setzte ihn auf meinen Schoß, denn es war mein Namenstag, und fragte mich über Mädchen aus. Aber es hatte ja gar keine gegeben. Außer Sara.

„Hast du sie geküßt?" fragte sie, und noch bevor ich den Mund öffnen konnte, schüttelte der traurige, vorlaute Hase den Kopf.

„Aber du hättest gerne?" wollte die überraschte Rachel wissen. Und wieder antwortete der Hase, beherzt und entschlossen nickend. Die nächste Frage beantwortete nicht einmal mehr er. Mag sein, daß es gar keine Frage im grammatikalischen Sinn war, sondern entschieden gezogene Schlußfolgerungen, zärtlich und flüsternd vorgetragen. Denn Rachel spürte meinen Hunger nach einer Berührung genau. Sie mußte ihn zumindest daran spüren, daß ich mich gegen freundschaftliche Gesten jedweder Art entschieden wehrte.

Rachel stand auf, um ein Glas Wasser zu holen. Sie ging zum Waschbecken. Über dem Spiegel brannte Licht. Ich zog den Hasen neben mich, und wir starrten Rachel an, bis ich ihr folgte und hinter ihr stehenblieb. Ich wartete darauf, daß sie sich zu mir umdrehte, berührte sie mit keiner Faser und mußte zusehen, wie sie mich durch den Spiegel spöttisch anlächelte.

Schließlich drehte sie sich mit ernster Miene und gesenkten Augenlidern langsam zu mir um.

XII.

Eine Zeitlang dachte ich, dieses *Nein* sei nichts anderes als eine tugendhafte Hintertür, durch die wir nach und nach hindurchschlüpfen würden. Wir würden uns an die Geheimniskrämerei und das ständige Sich-Umsehen gewöhnen, das sich nur auflöste, wenn wir allein waren. Ständig suchten wir nach Momenten der Zweisamkeit und unmißverständlichen Vertraulichkeit.

Vermutlich war es Rachels Zimmer- und Gruppenkolleginnen überhaupt nicht aufgefallen, daß sie jede freie Minute mit mir verbrachte, wir das Kolleg kaum verließen und überall zusammen anzutreffen waren. Nachts im Bügelzimmer, montags im Fernsehraum, im Studierzimmer, beieinander sitzend, oder im Vierbettzimmer, das nicht größer war als eine Zelle. Ich wohnte nicht mal in diesem Gebäude, aber ich blieb, bis die anderen nach Hause kamen. Nachts ging ich nach Hause, zögernd und ungern.

Rachel hatte auch eine echte Freundin, mit der sie flüsterte und kicherte, meist über Jungs, und mit der sie gemeinsam in den Unterricht ging.

„Hab' ich euch vielleicht aufgeschreckt!" verwirrte diese Freundin uns, als sie einmal unerwartet hereinkam und wir auf Rachels Bett saßen. Wir rückten daraufhin tatsächlich voneinander ab, dabei waren wir uns nicht mal nah genug gewesen.

„Damals gerade nicht", sagte Rachel später zu ihr, „aber es hätte vorkommen können", fügte sie hinzu, denn sie mußte mit jemandem darüber sprechen, mit jemandem außer mir. Amsel war keineswegs überrascht, aber auch nicht erfreut, und ich bekam ihre naserümpfende Zurückhaltung – mir, der Verdorbenen gegenüber – zu spüren. Dabei war jetzt meine Zeit gekommen.

Ich hatte beinahe vergessen, wie es ist, ohne jede oder trotz jeder Kraftanstrengung schön und klug zu erscheinen, bloß weil man geliebt wird. Wenn wir im Studierzimmer nebeneinander saßen, waren wir unfähig, auch nur eine Seite in unseren geöffneten Büchern weiterzukommen, dabei sahen wir einander gar nicht an, sondern starrten auf die Blätter und zeigten einander nur äußerst selten aufregende Textstellen. Genauso selten wanderten auf Zettel geschriebene Geständnisse zwischen uns hin und her.

Sie liebt mich genauso wie ich sie, dachte ich und wunderte mich, überrascht und glücklich zugleich. Es war weder mir noch ihr anzusehen, daß wir eigentlich aufstehen und das Studierzimmer hätten verlassen sollen, aber wohin hätten wir gehen können? Nur in Filmen enden Liebesgeständnisse mit Küssen und Umarmungen – wir hatten nicht mal den Mut, einander anzusehen.

Es wäre entsetzlich gewesen, die Erfahrung zu machen, daß unsere Schulkameradinnen uns für komisch hielten, sobald sie die Veränderung an uns bemerkten: die Entspanntheit in unseren Gesichtern, die sich in seltenen Augenblicken zeigte, die Färbung der Stimme und der Bewegungen. Wir konnten unsere Zimmernachbarinnen nicht ins Kino schicken und uns auch nicht in der Putzmittelkammer einschließen. Der einzige Ort, an dem man sich in diesem dichtbevölkerten Kolleg einschließen konnte, war das Klo – und das kam nicht in Frage.

Ich konnte meine Geliebte – die mich noch dazu auf ganz andere Weise liebte – schlecht in die vereinbarte WC-Kabine einladen, mich einige Minuten früher dahin zurückziehen, die Schritte, das Rauschen und Rascheln beobachten, bis Rachel, ohne anzuklopfen, die Tür öffnete, bloß weil ich ihre Hand halten wollte, wenn sie Lust dazu hatte – und ich auch. Aber freilich nicht unter solch demütigen Bedingungen.

Dabei waren sie meiner Meinung nach nicht mal demütigend, sondern nur unwürdig, wenn ich bedenke, wie sehr ich es mir wünschte. Ich war ein Blitz, der vom Himmel fahren *mußte*. Und es klappte doch nicht, denn Rachel wollte nicht *so* leben, sondern ordentlich: Kind, Ehemann, Wohnung, Arbeit. Ich durfte keinen Stellenwert in ihrer Lebensplanung einnehmen, und das Bild, das sie sich über ihre Zukunft machte, geriet keinen Moment lang ins Wanken. Dabei wußte sie genau, was sich zwischen uns abspielte, beschwor es herauf, ließ es zu, aber manchmal wünschte sie dennoch, es wäre endlich vorbei. An unserer heftigen Liebe sollte sich nichts ändern, nur mein Blick sollte ein anderer werden, und wir sollten uns nicht umarmen, sobald wir eine Minute unbeobachtet blieben. Der Grund dafür war, daß sie diese merkwürdige Treue ihrer Zukunft gegenüber hatte, die mich ausschloß: ihre späteren Babys, ihre Mutter und der Mann, den sie einmal lieben würde.

Sie kränkte mich damit nicht, und ich wollte sie von all dem ja auch nicht fernhalten, ich wollte mich lediglich endlich mit einer treffen, die an dieselben Dinge glaubte wie ich und sich nicht nur einmal zufällig einen einzigen, aufregenden Fehltritt erlaubte, sondern von Geburt an so fühlte und zu nichts anderem fähig war. Natürlich war es reine Torheit, aber ich glaubte, ich könnte mich mit dem bloßen Wissen zufriedengeben, daß es da eine gibt, daß ich, wenn auch entfernt, eine vor mir habe, die mich ahnen läßt, was ich selbst ausstrahle.

So war es auch, als ich zusammen mit Rachel einem Mädchen nachspürte, von dem ich dachte, es sei Isolde. Im September sollte alles anders kommen.

Rachel und ich waren jeder nüchternen Überlegung zum Trotz endlich in ein gemeinsames Studentenwohnheimzimmer gezogen, als in der zweiten Tür, die ins gemeinsame Studierzimmer führte, ein unbekanntes Mädchen erschien, das die ersten Wochen wegen einer Nachprüfung versäumt und nur noch hier einen freien Platz gefunden hatte. Sie stellte sich vor: ihr Name war Isolde.

Sie war blond und entschlossen zu leiden. Sie schwänzte mit selbstzerstörerischer Ignoranz ihre Vorlesungen, um sich für Prüfungen vorzubereiten, zu denen sie schließlich doch nicht antreten konnte. Sie saß unkonzentriert über ihren Büchern, und jeder Gruß, jedes leise Gespräch lenkte sie sofort ab. Sie ließ erleichtert alles liegen und stehen, sobald ihre Freunde sie besuchten, ihre Zimmerkolleginnen sich auf den Weg in den Speisesaal machten, oder wenn jemand keine Lust hatte, allein ins Geschäft oder aufs Postamt zu spazieren.

Isolde lernte für eine andere Prüfung als wir, und sie ließ sich keinerlei Besorgnis anmerken. Sie fiel freilich durch, zog für ein halbes Jahr aus dem Studentenheim aus und rechnete damit, daß sie zwar eine unabhängige, aber trostlose Zeit verbringen würde.

Emese erkundigte sich eines Morgens vor dem Unterricht mit unverhohlener Neugier, was ich von der neuen Zimmernachbarin hielt. Zunächst verstand ich nicht, wen sie meinte. „Die, mit der du gestern zu Abend gegessen hast“, präzisierte sie ihre Frage. Wir waren am Vorabend tatsächlich alle gemeinsam aus unseren Zimmern in den Speisesaal gegangen und hatten unsere eingedrückten Blechtabletts, auf denen sich Aluminiumgabeln und zermanschter Kohl in Plastiktellern befanden, auf zwei zusammengeschobene Tische gestellt. Isolde verzog genau wie wir ihren Mund und aß lieber die Haselnußschokolade, die sie im Büffet gekauft hatte. Sie schob die ausgebreitete Folie in die Mitte des Tisches; wegen der großen Haselnußstücke ließ sich die Tafel nur in ungleiche Dreiecke zerbrechen.

Erst durch die verräterische Frage Emeses kapierte ich, daß dieses Mädchen, ihre einstige Zimmerkollegin, *jene* Isolde war.

Ich konnte meine Verblüffung kaum verbergen und hoffte, daß sie Emese von meinem Sträuben überzeugte, nicht jedoch von meiner Verstörtheit wegen des schweren Fehlers, den ich begangen hatte. Ich war einem unbekannten Mädchen auf der Spur, obwohl ich die neue Isolde beobachten, sie seit Monaten hätte begleiten sollen. Ich konnte sie nicht bemerken, weil sie einsam war und nachts litt. Ihre einzige Öffentlichkeit war ihr großer männlicher Freundeskreis, der verklärt vor sich hin trank, während ich schon lange schlief.

Warum es Isolde nicht gelang, sich mit Lerche nach einem Abend, an dem sie die Rolle des Kavaliers übernommen hatte, zu versöhnen und sie wiederzusehen, ließ sich nicht sagen. Isolde war verzweifelt und verstand nicht, was das Problem gewesen sein könnte. Ihre Freundschaft war offen, in ihr gab es Platz für alles, sogar für die Liebe, die unausgesprochene. Sie hatte das Gefühl, mit ihren weißen Händen nichts zerbrochen zu haben, denn Freundschaft war eine Ehrensache, eine heilige Sache, für Isolde wichtiger als alles andere, und die boshaften Unterstellungen störten sie nicht so sehr wie Lerche, die wahrscheinlich auf gar keinen Fall lesbisch sein wollte.

Von meinem Standpunkt aus und rückblickend betrachtet kam mir die Geschichte ziemlich verworren vor, vor allem in Isoldes Darstellung, vernebelt und lückenhaft wie eine Ballade. Die Schmerzen, die der Weinbrand zutage gebracht hatte, und die Geschichte – auf dem Hintergrund der verläßlichen Informationen, die ich von Emese erhalten hatte – zogen mich in ihren Bann und rissen mich mit. Ich dachte, sie würde mich brauchen, um sich selbst kennenzulernen, und es war gar nicht schwer, mich ihr anzuschließen und mit ihr mitzuhalten. „Wieder eine neue Freundschaft zwischen Kneipen, Untermietzimmern, Vorlesungen", mußte Isolde sich gedacht haben, bevor ich schließlich deutlicher wurde.

EINE NACKTE FRAU AUF ZERFETZTEM PLAKAT
BEUGTE SICH TIEF HINUNTER UND ROLLTE SICH EIN
WÄHREND SIE SCHMERZVERZERRT
UMS FEUER HOCKTE UND SCHRIE
DREI BÄRTIGE TAGESANBRÜCHE IM EISENBAHNERKLEID
DA SETZTE SICH DER HIMMEL AUF DEN SCHNEE
UND ICH BLIEB STILL MIT IHM ZURÜCK
ER ZERFLOSS WIE DIE LANGSAMEN BLÄTTER
WIE DER ERKALTENDE QUELL
MEINE RUFE STIMMTEN AUF ZUNEHMENDE EISZAPFEN
EINE BITTERE KLEINE FUGE AN

XIII.

Als ich eines Abends aus dem Studierzimmer in den Schlafraum ging, fraß sich ein erdrückendes Gefühl durch meine Lunge tief in meinen Magen, in meine Gedärme. Ich zwängte mich zwischen den Betten durch und ging auf Rachel zu, die gerade beim Lernen war. Leidend, aber entschlossen, da jede noch so kleine Ablenkung ihr das Leben so knapp vor den Nachprüfungen erschwerte. Dabei wollte ich ihr nur mitteilen, daß ich ins Nachbargebäude gehen wollte, um mir Lehrbücher von meiner Klassenkollegin zu leihen. Ich empfand diesen simplen Schwindel als vollkommen ausreichend: ein solcher Besuch konnte schließlich zwei Minuten oder auch mehrere Tage dauern. Rachel würde sich also ungestört auf ihre Prüfung vorbereiten können.

Ich schnappte meinen Mantel und machte mich eilig auf den Weg zur Straßenbahnhaltestelle, die nicht in Richtung Nebengebäude lag. Ich dachte zwar kurz daran, daß mein Verhalten Rachel gegenüber nicht mal den Keim von Loyalität und Verbundenheit barg, aber dies lag nun einmal weit außerhalb meines Interessenbereiches. Ich kam zwei Wochen lang nicht zurück zu ihr ins Internat. Nach zehn

Tagen ging Isolde hinüber in Rachels und mein Zimmer und brachte – zusammen mit meinem großen, blauen Rucksack – auch die neuesten Nachrichten mit zurück: Nachdem Rachel vergeblich gewartet und mich gesucht hatte, wurde sie krank, verschob ihre Prüfungen und fuhr nach Hause zu ihrer Mutter. Kurz danach schrieb sie mir einen Brief und schickte ihn an die Internatsadresse. Isolde und ich lasen ihn gemeinsam. Die Traurigkeit und Liebenswürdigkeit, die der Brief auch zwischen den Zeilen vermittelte, sagten mir damals gar nichts, und die unbegründete Vertraulichkeit, mit der sie trotz allem Hoffnungen auf eine gemeinsame Zukunft schöpfte, fand ich einfach unverständlich und ein bißchen ärgerlich.

Zur angekündigten Ankunftszeit warteten wir am Bahnhof auf Rachel, Rotwein hatte uns beflügelt, und Isolde zog sich diskret zurück, als der Zug einfuhr. Mir blieben zwei Minuten, um mich zu sammeln, aber ich starrte nur in den grauen, dunstigen Luftraum unter der Glaskuppel der Bahnhofshalle, auf die riesigen, kräftigen Bäuerinnen, grau und grün, die unter die Bögen gemalt waren. Ich war angespannt, aber fest entschlossen. Rachel würde verstehen müssen, was geschehen war, es gab kein Zurück, und sollte es für solche Situationen so etwas wie eine Ideologie geben, dann vielleicht die, daß man aus Schwäche oder Mitleid keine alten Geschichten aufwärmen sollte.

Rachel wirkte abgehetzt, sie war blaß und wortkarg. Vergnügt und zugleich befangen sah sie mich an, wie ein Kind, das sich nicht nach dem richtet, was es hört, sondern statt dessen dem Charme wildfremder Mädchen erliegt.

„Aber ich liebe dich“, antwortete sie auf meine bösartigen, irreführenden Sticheleien und mußte sich setzen, während ich wie eine Erwachsene stumpfsinnig lächelnd in die Gegend starrte, was sie beruhigen sollte. Ich blickte über sie hinweg und leierte die vorbereiteten Argumente herunter, Argumente, die Rachel selbst früher einmal vorgebracht hatte, die aber keine Rücksicht auf ihre jetzigen Gefühle nahmen, denn sie bezogen sich ja nicht auf diesen Augenblick, sie hätten nicht so überstürzt in die Tat umgesetzt werden sollen, nicht in diesem Herbst und nicht auf eine Weise, die sie verstummen ließ.

Später liefen wir uns nur noch selten über den Weg, und wenn, dann immer zu ungünstigen Zeiten. Isolde und ich lebten in exzentrischer Überspanntheit zusammen, und nur wenn ich in unserer Untermietswohnung in der Ürmös Gasse allein war, blieb mir Zeit zum Aufseufzen. Aber hinter diesem Seufzen steckte kein Bedauern, sondern lediglich die Anstrengung, die einen wohltuenden, tiefen Atemzug begleitet. Dennoch blieb die eingeatmete Luft irgendwo zwischen den Lungenspitzen hängen und wollte sich nicht nach unten ausbreiten, sondern drückte schmerzhaft auf die Umgebung meiner Schlüsselbeine. Atemnot war es, die dablieb, und in meinem Kopf eine nicht zu überwindende Leere.

AUF NACKTEN FESTEN BEINEN
HOCKT SIE DA GROSSMUTTERS ANTLITZ
TRÄUMERISCH ENTSPANNT
VOR IHR EIN DÜNSTENDER PERLENDER BACH
EIN PFERDESTRAHL URIN

XIV.

Michi war schon über elf und ich fast zehn, als wir die Sommerferien gemeinsam bei unserer Großmutter verbrachten. Eigentlich war sie gar nicht Michis Großmutter, Michi hatte ja keine mehr, seine beiden Großmütter waren schon gestorben. Meine und seine Großmutter sind Schwestern gewesen, und meine Großmutter lud auch ihn ein, weil sie ihre jüngste Schwester sehr geliebt hatte.

Sie zeigte uns manchmal das Jugendbild ihrer Schwester an der Wand. Es zeigte ein dunkelhaariges, dunkeläugiges, blasses Mädchen zwischen all den blonden Schwestern, das einzige, das nicht lieb und zuversichtlich dem *Vögelchen* entgegenlächelte, sondern Mundwinkel und Augenbrauen böse zusammenzog. Meine Großmutter lachte mich immer aus, wenn ich zornig wurde, denn ich erinnerte sie dann an Michis Großmutter auf dieser Fotografie, damals, als die sich nicht fotografieren lassen wollte.

Sie hatte – im Unterschied zu ihren Schwestern – ihr blaues Seidenkleid nicht anziehen dürfen, sondern mußte sich in der Erstkommunionsbluse dem Fotografen stellen, und dazu paßte natürlich auch die bunte Perlenkette nicht. Der hochgeschlossene Kragen ließ sie noch blasser erscheinen, und über ihrer Oberlippe lag ein zarter Schatten. Sie wirkte wie ein leidenschaftliches, spanisches Mädchen, und ich besuchte sie während der langen, nicht enden wollenden Sommertage oft. Michi und ich schnappten begierig alles Wissenswerte auf, um es später verwerten zu können, als sammelten wir zauberkräftige Fischschuppen oder magische Mäusebarthaare.

An einem heißen Nachmittag entdeckten wir einen außergewöhnlich behaglichen Bunker hinter den Ställen unter der Maisscheune. Eine streunende Hündin hatte dort früher mal eine Höhle für ihre Jungen gebuddelt. Den Bunker hatte Michi gefunden, als er sich vor mir verstecken wollte und sich ausnahmsweise einmal genau an die Regeln hielt. Dabei versprach das Spiel nicht weiß Gott wie aufregend zu werden, denn es gelang mir nie, seine Verstecke ausfindig zu machen. Deshalb gab ich die Suche meistens irgendwann auf und ging einfach ins Haus zurück.

Diese Gefahr drohte auch diesmal, obwohl ich während des Einschauens sogar geblinzelt und deutlich gesehen hatte, daß er in Richtung Maisscheune gelaufen war. Vergeblich kletterte ich die klapprige Holztreppe hoch, drehte eine Runde, rief nach Michi, der jedoch nirgends zu sehen war, und ich hielt es schon langsam für klüger, mich zurückzuziehen, als ich auf einmal ein verhaltenes Murren hörte, ein Wimmern. Kleine Hunde wimmern so, wenn sie lebendig begraben werden, sie wimmern, bis sie ersticken.

Die Laute kamen von unten. Ich breitete die riesigen, gefleckten Kürbisblätter auseinander, aber ich sah nichts, außer noch mehr dicht wachsende, vor Feuchtigkeit dampfende Pflanzen in der grünen Dunkelheit, aus der das Wimmern leiser, immer leiser zu mir durchdrang. Ich sah die zum Tode verurteilten Hunde bereits als verkrüppelte, lehmige, blutige Erdklumpen vor mir, wie sie mich vergeblich um Hilfe anflehten, da bog sich der am dichtesten rankende Kürbis nach unten, und ich rutschte zwischen seinen sandigen orangefarbenen Blüten unter die Scheune hinein in den Bunker.

Ich stieß mit dem Kopf gegen den untersten Balken und hatte nicht mal genügend Zeit, mich zu erschrecken, da kroch jemand hinter mir hoch, kletterte aus dem Loch und rannte in Richtung Arkadengang.

Zerknirscht hörte ich Michis schallendes Gelächter und wie er mit seiner Hand gegen den Arkadenpfeiler schlug, um seinen Sieg zu bestätigen.

Ich kroch aus der Grube und war beleidigt. Lange Zeit sprach ich kein Wort mit dem siegestrunkenen, immer wieder losprustenden Michi.

„Geben wir einander einen Kuß!“ Ich willigte ein, und schon bald begannen wir, neue, ernsthafte Vorbereitungen zu treffen. Wir holten uns aus dem Holzschuppen einen Korb samt Aschenschaufel, aus der Kommode eine Kerze und eine Schachtel Streichhölzer, aus der Speisekammer eine durchsichtige, grüne Kunststoffplatte, und schleppten all das Zeug unter den Schuppen. Während Michi den Bunker aushöhlte, holte ich zwei alte Strohsäcke vom Dachbodenaufgang. Ich hörte gerade noch, daß Großmutter sich danach erkundigte, was wir denn vorhätten.

„Wir spielen kleines Haus im Schuppen!“ entfernte ich mich entschlossen, und bekam die Ratschläge meiner Großmutter schon gar nicht mehr mit.

Es war eine klare Mondnacht, und hinter den Vorhängen waren die tiefblauen Fenster zu sehen. Wir sagten das *Vater unser* auf, Michi schlug vor, es noch mal zu wiederholen, dann hörten wir das weiche Schnarchen der Großmutter. Wir standen auf und schlichen hinaus über den vom Mondlicht beschienenen Arkadengang, auf dem sich die Schatten scharf abzeichneten, weiter in Richtung Bunker, auf dem funkelnden, sandigen Pfad über die schwarzen Blätter.

EIN WIDERHALLEND BRUNNENTIEFER NACHMITTAG
DIE BRETTERWAND GLÄNZT IN MORSCHFAULEM WEISS
DAS GACKERN DER HENNE SCHMECKT NACH GLASIERTEM TOPF
UND WIE EINE SICH LISTIG SCHLÄNGELNDE PFLANZE
RUFT DER GRÜNE SCHÄDEL DES SCHNECKENOHRHAMMELS
VON UNSERER TANNE DREIMAL
KYRIE KYRIE ELEISON!

XV.

Michi war am Morgen immer noch der gleiche. Mit kumpelhafter Vertraulichkeit bot er mir das Stück Zucker an, das er für das restlose Vertilgen des Kakaos bekommen hatte, auf dem sich eine Haut gebildet hatte. Ich konnte ihm nicht in die Augen schauen und wies seine Bitte, doch wieder seine Freundin zu sein, hysterisch zurück. Ich verbrachte den Tag am Rockzipfel meiner Großmutter, voll bis zum Platzen mit schwer erklärbaren und unangenehmen Gefühlen, mit denen ich von Zeit zu Zeit den ratlosen Michi überschüttete – selbst Jahre später noch.

Mit einem gewissen Ekel mochte mich unter anderem das naseweise Geplapper des Nachbarmädchens erfüllt haben, das durch ihre ältere Schwester alles über die Liebe wußte und über sämtliche Handlungen, die damit zusammenhingen. Ihre Schwester hatte einen Verlobten, mit dem sie Abend für Abend in der Gartenlaube herumturtelte, ohne sich im geringsten um die heimlich zuschauende Kleine zu kümmern. Wir hingegen wußten ihre Kenntnisse hinsichtlich der geschlechtlichen Funktionen des Körpers zu schätzen, und es war zu erwarten, daß wir sie im passenden Augenblick wie ein Rechenbeispiel aneinander ausprobieren würden: in unserem Erdloch zwischen den im Kerzenschein tanzenden Schatten das andere Geschlecht gründlich bestaunen und anfassen.

Unser heimliches nächtliches Abenteuer hatte ganz unschuldig angefangen. Wir saßen flüsternd im Bunker und hatten Großmutters Garten bestens im Auge, wir sahen sogar die silbrigen Gehsteigplatten zwischen den Fliederstauden zur Straße hin und den Nachbargarten. Wir waren Nachtwächter, die selbstlos für die Sicherheit des gesamten Terrains sorgten und alle diejenigen überführen würden, die mit bösen Absichten durch die Dunkelheit schlichen. Zugegeben, wir langweilten uns nach einer Weile, vor allem, als sich herausstellte, daß ich die Mohnzucker-Mischung im Haus vergessen hatte, die den Nachtwächtern als Proviant dienen sollte.

Der mutige Michi schlich indianisch leise ins Haus, kam aber erst nach geraumer Zeit wieder. Ich war schon drauf und dran gewesen, ihm zu folgen, aber das geheimnisvolle Rauschen der sich im Wind bewegenden Schatten hielt mich zurück, und irgendein metallisches Klirren, das unheimlich laut wurde. Da kam Michi mit zwei Tassen Mohnzucker in den Händen in den Bunker gesprungen, und auf das Geklimper der Aluminiumlöffel hin kam ich aus dem hintersten Winkel des Erdloches hervorgekrochen. Wir naschten, und ich lauschte Michis Lagebericht über die Außenwelt.

Bei uns schien alles in Ordnung zu sein, es war lediglich leises Schnarchen im Haus zu hören, aber nirgends ein Einbrecher. Aus der Gartenlaube der Nachbarn allerdings schallte sehr laut, dann wieder unterdrückt Gelächter herüber. Michi nahm seinen ganzen Mut zusammen und kroch, getarnt durch ein großes Kürbisblatt, Richtung Gartenlaube, um etwas sehen zu können. Zum Glück bemerkten sie ihn nicht, aber durch die dichten Blätter hatte er nur wenig erkennen können.

Die ältere Schwester des Nachbarmädchens war dort gewesen. Sie und ihr Verlobter küßten sich, und Erzsis

Kleid war bis zum Bauchnabel offen. Der junge Mann hatte sie fast ganz ausgezogen, das konnte man deutlich erkennen, und Michi meinte, wir sollten die Beobachtung unbedingt fortsetzen, denn es konnte leicht sein, daß es sich dabei nur um einen miesen Trick handelte, mit dem der Verlobte es seinen Freunden ermöglichte, das Nachbarhaus auszurauben. Ich glaubte ihm nicht, denn der Verlobte war ja beinahe Erzsis Ehemann, und er würde wohl kaum seine eigene Braut ausrauben lassen. Michi bestand darauf, weiter Wache zu halten, und wir beschlossen, das Küssen selber auszuprobieren.

Wir preßten unsere Lippen kräftig aufeinander. Michi meinte, wir müßten sie öffnen. So preßten wir die geöffneten Lippen aneinander und steckten die Zungen heraus. Sie waren voller Mohn, und wir fanden Körner im Mund des anderen und kauten daran herum. Die ganze Sache war uninteressant, und ich fand es unappetitlich, auf dem Mohn meines Freundes herumzubeißen.

Wir hörten mit dem Küssen auf. Michi sagte, er wisse, was der Verlobte sonst noch so mache, und er wollte es mir zeigen. Zu Beginn glichen seine Berührungen einer ernsten, gründlichen, medizinischen Untersuchung.

„Na so was, deine Brüste wachsen“, sagte Michi. „Spreiz die Beine ein bißchen.“ Er faßte mich mit wachsendem Interesse an, und mir fiel auf, daß das unbekannte Körperteil zwischen seinen Beinen steif wurde. Ich nahm es neugierig in die Hand, aber diese Berührung allein ließ keine Vorstellung darüber zu, wie es wohl bei Tageslicht aussehen mochte. Ich hatte nicht mal die leiseste Ahnung, wozu es überhaupt dienen könnte! Ich war müde geworden, aber Michi versuchte, noch ein bißchen weiter zu machen. Er drängte sich an mich und nestelte mit seinem steifen und unnützen Teil herum, bis ihm meine verdrießliche Langeweile die Lust nahm.

Ich kroch hinaus aus dem Bunker. Draußen war es stockdunkel, der Mond war in der Zwischenzeit verschwunden. Ich torkelte angeekelt ins Haus zurück und kuschelte mich neben meine Großmutter ins Bett. Sie wachte für einen Moment auf und zog die Bettdecke über meinen Rücken. Ich wußte, daß ich ihre liebevolle Fürsorge nicht länger verdiente, denn ich hatte eine schreckliche Tat begangen, und es konnte gut sein, daß ich bereits schwanger war.

GOTT IST EINE GROSSE GRÜNE FLIEGE
DIE WELT IN SEINEN AUGEN STÜCKE KLEIN
DER LÄRM EIN FLÜGELSUMMEN

DIE FORMEN SÜHNEN BIS INS SIEBTE GLIED
AUF DEM SCHATTIGEN UFER DER NICHTEXISTENZ
BEWEINEN SIE DIE ZUKUNFT

DIE KÖRPER DER FRAUEN TRAGEN FREMDE FRÜCHTE
UND BÄUME FREMDER FRÜCHTE SPRIESSEN AUF DEM GRAB
DIE TAGE HIER UNTEN SIND ZERSETZTES GRÜN
UND KRISTALLEN KLAR DIE BLAUE NACHT

XVI.

Mittlerweile war meine Großmutter gestorben, und ich wußte kaum, was für ein Mensch sie gewesen war, dabei wäre es möglich, daß ich sie verstanden hätte. Ich schien sie weniger zu kennen als Michis Großmutter, die ich nur auf diesem Kinderfoto gesehen hatte. Wenn ich mich angestrengt zu erinnern versuchte, tauchte aus dem Nichts allerdings erstaunlich viel auf. So verband mich einiges mit meiner Großmutter dort, wo es weder Raum noch Zeit gab, sondern nur die Erinnerung an reiche und glückliche Sommer, die ich von ihrer Liebe umgeben verbrachte. Wenige Sommer, und viel zu früh im Leben. Mir war nur das Gefühl von Geborgenheit geblieben, die sie mich spüren ließ und mir zum Geschenk machte.

Wie ihr Leben gewesen sein muß, konnte ich mir erst in letzter Zeit vorstellen, und ich begriff jetzt, daß das aus Lehmziegeln gebaute Zimmer-Küche-Haus am Dorfrand keine Bequemlichkeiten geboten hatte, und daß die winzige Sommerküche, in der es von Fliegen nur so wimmelte, mit dem wurmstichigen Bett, auf dem der Strohsack lag, für Großmutter ein Ort täglicher, schwerer Arbeit war.

Damals fiel mir nur auf, mit welch magischer Geschwindigkeit die feinen Speisen in dieser Küche gekocht wurden, und wie schön es war, abends im Schein der Petroleumlampe in einem mit warmem Wasser gefüllten Zuber zu stehen, während Großmutter mich abschrubbte.

Das Zimmer war ganz anders. Großmutter befeuchtete in kürzester Zeit den Lehmboden, um den Raum kühl zu halten, und damit es sauber roch. Sie machte das Bett, türmte die Daunendecken auf und ließ an den beiden Enden einen schmalen Streifen unter der seidigen grünen Bettdecke frei, damit ein Kleinkind in der Nachmittagshitze vor den Fliegen Zuflucht finden konnte.

Man konnte durch die blauen Scheiben noch hinausschauen, nachdem sie uns ins Haus gescheucht hatte und mit uns gemeinsam schlafen ging. Sie hängte den Verdunklungsvorhang vors Fenster, schaltete das Licht aus und legte sich neben uns. Wir sprachen ein gemeinsames *Vater unser*, und ich beobachtete das Fenster. Durch den blauen Vorhang zeichneten sich viergeteilte kleine Glasscheiben ab, und draußen kläfften die zänkischen, fremden Hunde, während wir mehrmals hintereinander dasselbe Gebet sprachen. Großmutter gab ständig denselben Rhythmus, dieselbe Betonung vor, und der, zu dem wir gemeinsam beteten, war ein Subjekt, das wir nicht begriffen, das wir fürchteten, wie das nicht enden wollende blaue Hundegebell, das nur der Schlaf vertreiben konnte.

Ich betete nur meiner Großmutter zuliebe. Sie betete aus einem anderen Grund, nämlich für das Seelengewebe, das vor langer, langer Zeit während des Betens entstanden war durch das Ineinanderfließen von Halbzeilen – *Vaterunserderdubist* … *deinreichkomme* … *gibunsunsertäglich* … Großmutter betete andächtig und sprach das *Amen* jedesmal mit zitternder Stimme aus und verunsicherte mich in meinem Prinzessinnendasein, das mir tagsüber grenzenlose Macht über das ganze Haus verlieh, über die Laube des Arkadenganges, die Pflanzen im Garten und die Tiere des Hofes.

Großmutter war in meinen Augen allmächtiger als jeder andere *Vater*. Ich empfand die unendliche Liebe, die meine Großmutter dem lieben Gott entgegenbrachte, als einseitig, dabei erzählte sie uns häufig und stets ergriffen über den Erlöser, der ans Kreuz genagelt wurde, weil er uns liebte.

Damals konnte ich noch nicht wissen, daß Beten keine einseitige Handlung ist. Die aufregenden Zusammenhänge durchschaute ich erst viel später. Vielleicht erst in dem Sommer, in dem wir eine Ziege bekamen. Es war eine junge Ziege. Sie hatte semmelfarbene, große Flecken auf ihrem strahlend weißen Fell und hieß Viola. Ich führte sie nach Hause, fort aus einem abgeschiedenen Hinterhof, wo sie festgebunden gewesen war und mit ihrer Mutter zusammen weidete. Sie hatte selbst schon ein Zicklein und gab zum ersten Mal Milch.

Ihr Besitzer, ein untersetzter, feister Bauer, hatte mir gezeigt, wie ich sie zu melken hatte. Er hockte sich neben Viola, die sich nervös wehrte, ergriff mit seiner linken Hand eines ihrer Hinterbeine, schnappte eine ihrer Zitzen mit der anderen Hand und ließ die Milch herausspritzen.

Viola war zwar ängstlich, aber freiwillig mit mir gegangen, als ich sie mit einem grünen Zweig lockte, aber sie meckerte ohne Unterlaß. Sie und ihre Mutter riefen sich Klagen zu. Als ich sie vor mir hertrieb und ihr knochiges, schmales Becken, ihre ungeschickten X-Beine, ihren zum Bersten geblähten Magen und die nach links und rechts baumelnden schweren Euter sah, dachte ich daran, daß auch meine Großmutter Viola geheißen hatte.

Ich hätte gerne gewußt, wie sie war, aber meine Erinnerung reichte nicht aus.

SCHÖN BIN ICH GROSS UND KRÄFTIG
WIE MEINE GROSSMUTTER
IM OVAL ÜBER DEM BREITEN NUSSHOLZBETT
IN DEM MIR ALTERSGLEICH DER FOTOGRAF
IHR LÄCHELN BLASS SCHATTIERTE
DER SCHULTERN MUTIG FESTER GLEICHMÄSSIGER BOGEN
UNBEDECKT
UND AN DER BRUST EIN SILBRIGBLAU GEMALTES KLEID
IHR ANTLITZ WIE DAS FENSTER EINES
UNTER BRAUNEN BALKEN VERSUNK'NEN SCHIFFS

XVII.

Die beiden letzten Zeilen führten später zu heftigen Diskussionen zwischen Ursula Hostell und mir. Zuerst war ich verwundert darüber, wie sehr sie an dieser kaum verständlichen und schweren Wortfülle hängenblieb, und als sie mich fragte, ob ich sie nicht auch wundervoll fände – *ihr antlitz wie das fenster eines unter braunen balken versunk'nen schiffs* – mußte ich ihr meine Hilflosigkeit dem Text gegenüber eingestehen.

„Beim ersten Hinhören denkt man an eine dauerhafte Bildstörung", versuchte ich, höflich zu sein. Aber Hostell drängte weiter in mich, ich solle den Worten doch meine innere Bildergalerie öffnen, denn da mußte sich ein alter rustikaler Plafond mit Deckenbalken zeigen, die Wand eines Bauernschlafzimmers, Fotografien, die schnauzbärtige Männer mit großen Ohren und zurückhaltende, niemals in die Linse blickende Frauen zeigten, in dieser nicht gelüfteten und kaum berührten Sauberkeit.

Letzten Endes mußte ich mich auf ein einziges Bild konzentrieren, mußte durch die Verzierungen des vergoldeten Rahmens in ein mutiges, sanftes Gesicht eintauchen, in ein verschleiert strahlendes Augenpaar, mußte mir mein eigenes Gesicht dahinter vorstellen, hinter diesem Leben, so vorsichtig wie möglich, und da tauchte auch ein alter

Friedhof in meiner Erinnerung auf – ein unter braunen Balken versunkenes Schiff.

Ich hätte Lust gehabt, mich aufs neue nach der Herkunft dieses Gedichtbandes zu erkundigen, aber Hostell hatte das Thema schon beendet, enttäuscht über meine mangelnde Sensibilität, die sich gerade bei diesem Text so deutlich gezeigt hatte. Ich bohrte nicht nach, aber als ich, selber verstört über meine Undankbarkeit, nur stumm dasaß und den Tisch anstarrte, während Hostell die Tür hinter mir fixierte, formulierte ich im Geiste eine flammende Erklärung.

Ich bemühte mich redlich, die Bilder, die Hostell sah, auch zu sehen. Vergeblich. Denn in dem vergoldeten Oval erschien mir eine Figur, die ich im ersten Moment nicht erkannte, in der ich jedoch eine Sekunde später erschrocken mich selbst sah.

Ich war feierlich angezogen, trug meine Prüfungskleidung, ein dunkles Kostüm, aber es wirkte an mir, als trüge es ein Transvestit, ein Anfänger, ein Mann in Frauenkleidern, der sich natürlich durch seine Haltung und sein Benehmen auf Schritt und Tritt selbst verrät. Mein Kopf verstärkte diesen Eindruck, mein halblanges Haar vielleicht, das mein Gesicht dünn umrahmte. Diese Frisur konnte ein Männergesicht vorteilhaft sanft erscheinen lassen, Frauen verlieh sie das Aussehen von Männern.

Mochten sich meine primären Geschlechtsmerkmale auch noch so deutlich abzeichnen, die Menschen mit ihren geschulten Augen, die um mich herumstanden, konnten mich doch nicht erkennen. Ich stand da, in fröhlich trinkender Umgebung, lässig, mit müdem Gesicht und nur vage lächelnd. Mir würden an diesem Tag nicht noch mehr Wunden beigebracht werden. Mit dem verständnisvollen, klugen Gesichtsausdruck eines jungen, kühnen Zentauren schaute ich aus der Tiefe des Bildes hervor auf mich selbst.

DIE NACHT IST EINE ARTISCHOCKE
DORT WO SIE TIEF IST UND VOLL FRUCHTIGSTEM SAFT
NOCH HEISS UND SEIDENSCHWÜLSTIG
QUILLEND-HONIGSÜSS
LEICHT UND DEUTLICH SIND ZU SEHEN
DIE SICH KRÄUSELNDEN MANSCHETTEN
UND ZARTE FINGER WIE PINZETTEN
DIE PURPURN SICH ABZEICHNEN

XVIII.

„Aber richtige Gedichte liebe ich", versuchte ich Hostell zu trösten, nachdem ich den unverzeihlichen Fehler in bezug auf die Schiffe, die unter den Balken schwammen, begangen hatte.

Oder ich hatte sie zumindest in meiner Jugend geliebt – vermutlich eine Begleiterscheinung der jungen Jahre. Und ebenfalls eine Begleiterscheinung, daß sie mir heutzutage kaum noch etwas bedeuteten. Deswegen erstaunte mich dieses Heftchen hier um so mehr, war es mir doch recht leicht gefallen, nach kurzer Lektüre mich selbst und all die anderen, natürlich auch Isolde, zwischen den Bildern wiederzuerkennen.

Hostell wies mich verständnisvoll und freundlich darauf hin, daß es unbegrenzte Interpretationsmöglichkeiten gäbe, vor allem, wenn man sich den Versen subjektiv näherte. Allein in diesem Land wären da heute theoretisch an die zehn Millionen Möglichkeiten, und morgen wiederum zehn Millionen – ich glaubte ihr nicht, denn mir kam die Lösung so eindeutig vor, als seien diese rätselhaften Gedichte Produkte meiner eigenen kleinen Geschichten. Daß diese Gedichte nicht meine eigenen Geistesfrüchte waren, störte mich nicht, und ich kannte auch den Pfad nicht, der von meinem Innersten aus in dieses zerknitterten Heft geführt hatte, dessen Umschlag verlorengegangen war.

Tatsache ist, daß ich bis zu jener Zeit nur wenig Lyrik gelesen hatte, und wenn, dann nur abschreckende Beispiele, wie „Da schwimmen wir Gänschen zu hunderten heut …“ Mir wurde übel davon, denn ich mußte an die vier kleinen Gänse denken, von denen zwei mit den roten Füßchen gen Himmel gereckt im Becken des Mauerbrunnens schwammen.

Die beiden anderen, sehr müden und abgehetzten Gänschen trieben das Wasser des Beckens im Kreis vor sich her und versuchten an sämtlichen Stellen, sich aus dem ovalen Gewässer zu retten. Der Rand bot ihnen keinen Halt, und die häutigen kleinen Fußflächen rutschten immer wieder ab. Die beiden Gänschen waren der Sache überdrüssig geworden, sie ließen ihre Köpfe hängen, und ihre Augen wurden immer trüber, aber sie ruderten weiter, drehten die beiden anderen mit im Kreis und versuchten, Halt zu finden.

Ihre Mutter watschelte verzweifelt neben ihnen her. Das Becken des Mauerbrunnens befand sich in der Ecke ihres Stalles, aber sie streckte weder den Kleinen ihre Flügel als Hilfe hin, damit sie sich daran klammern und den Weg ins Trockene finden könnten, noch ließ sie mich hinein in den Stall, sondern fiel mich rasend mit Gezische und heftigem Flügelschlagen an, als ich versuchte, den Riegel zu öffnen. Sie wehrte sich sogar gegen den Besenstiel, den ich durch ein Fenster hinaus zum Brunnen zu strecken versuchte, in der Hoffnung, die zu Tode erschöpften Gänschen würden sich mit seiner Hilfe retten können.

Es war mir nicht möglich, den Besenstiel hinauszureichen, und ich lief ebenso verzweifelt schreiend und heulend im Hof umher wie die Gänsemutter im Stall drinnen, bis die Zeit der Kleinen abgelaufen war.

Ich hatte den Eindruck, Hostell hätte mir aufmerksam zugehört. Doch schließlich fragte sie mich, was es gewesen sein könnte, das wir schon wieder hinausgezögert, verabsäumt, vergessen hätten, und warum wir uns wohl derart unglücklich angestellt hätten.

Diesmal war ich es, die das Gefühl hatte, daß ihre Annäherung grob vereinfachend war.

XIX.

Wir hatten alles richtig gemacht, stellten Michi und ich im Bahnhofsrestaurant fest. Nach einem Liter Glühwein vergaßen wir, unserer Analyse korrekterweise hinzuzufügen, daß wir unter den gegebenen Umständen auf Isolde warteten, die mit dem Zug um zehn Uhr ankommen sollte, um zu heiraten. Es war erst halb sieben, und wir lungerten bereits seit zwei Stunden auf dem Bahnhof herum.

Schon am Abend zuvor hatten wir begonnen, ungeduldig zu warten. Ich bereitete mich in der Ürmös Gasse auf eine Prüfung vor, die am nächsten Morgen stattfinden sollte, aber es war mir längst unmöglich zu lernen. Sobald ich eine Titelzeile gelesen hatte, machte sich gähnende Leere in meinem Hirn breit, ich benetzte meine Finger, blätterte unbeirrt weiter, sah mir die dazugehörigen Konzepte an, um vor der Hochzeit wenigstens nicht durchzufallen. Gegen elf kam Michi, und wir kochten Tee in der Küche. Fünf Beutel pro Tasse.

Er zerstreute galant meine Prüfungsängste, und ich mußte einsehen, daß das Wiederholen eines Schuljahres im Vergleich zu seiner bevorstehenden Vermählung eine Lappalie war, denn nicht mal sein allerfettester, verrückter Studienkollege würde nur so aus reiner Gutmütigkeit heiraten, nicht mal dann, wenn sich herausstellte, daß er nie im Leben eine Frau fände, die ihn ganz ohne Eigennutz nähme.

„Ich habe wirklich keine Lust, mich auslachen zu lassen“, sagte Michi mit einem Anflug von Unsicherheit, und ich kramte meine wohlgeordneten Argumente hervor, überzeugend und motivierend. Michi hörte grinsend zu und schüttelte den Kopf über seine eigene Dummheit. Als er lange nach ein Uhr heimgehen wollte, konnte er seinen Wohnungsschlüssel nirgends finden.

Wir stülpten alle unsere Taschen um, suchten zwischen den Papieren auf dem Tisch und auf dem Fußboden, öffneten den Kühlschrank, den Küchenschrank und durchwühlten die Mülltonne, aber der Schlüssel war nicht auffindbar. Langsam dämmerte mir, daß ich morgen wohl nicht zur Prüfung würde antreten können.

„Schlaf doch hier“, sagte ich zu Michi, der schon in der Tür stand, um ohne Schlüssel aufzubrechen und sich irgendwo einen Unterschlupf zu suchen. Er warf mir einen strengen Blick zu, aber er kam zurück, und wir mußten uns einfach umarmen. Er schaukelte mich sanft in seinen Armen, während ich seinen Nacken streichelte. Wir bemitleideten einander wohl noch eine Weile, bis ich sagte: „Laß uns gehen.“ Ich ging in die Küche zurück, um das Fenster zu schließen. Der Schlüssel hing an einer Halskette am Fenstergriff.

Noch an der Haltestelle machten wir Witze über die Schlüsselgeschichte und fuhren mit der ersten Straßenbahn zum Bahnhof, besser gesagt zur ersten Kneipe, die geöffnet hatte. Der Morgen dämmerte bereits, aber die Lichter in den Auslagen brannten noch unter den blassen Straßenlaternen, und der Mann in der Imbißbude ging hinter den Rolläden schon seiner Arbeit nach. In der Wartehalle spürte man das langsame Erwachen, Obdachlose, die auf den Holzbänken geschlafen hatten, setzten sich gähnend auf. Halb erfroren zählten sie ihr Kleingeld, mit dem sie Kaffee kaufen wollten, genau wie wir, bevor wir Glühwein in heißen Plastikbechern bestellten.

„Das macht uns so schnell keiner nach“, nickten wir einander im nunmehr rasch zu Leben erwachenden Warteraum zu. Wir bestaunten die funkelnden Staubkörnchen in den Lichttrapezen, die durch die riesigen, matten Glasscheiben fielen und die stumpf-grauen Kunststofffliesen, auf denen feuchte Linien zu sehen waren, die der Putzlappen hinterlassen hatte; Füße in ausgetretenen Schuhen, Beine, auf denen Krampfadern ihre Spuren zogen, Fußknöchel mit Überbeinen, die in winzigen Söckchen steckten, bewegten sich hastig durch den Bahnhof; mit Küchentüchern abgedeckte, geflochtene Körbe, braune Kunstledertaschen, aus denen Milchkannen hervorlugten und frisch verdrahtete, kleine Käfige, in denen es laut gackerte und die im Schimmer des einfallenden Lichts für einen Augenblick aufblitzten, wurden an uns vorbeigetragen.

Wir waren in der Tat geschickt gewesen, hatten den richtigen Moment abgepaßt, sorgfältig geplant, wir ließen nicht zu, daß sie mit uns machten, was sie wollten, wir waren klüger – wir bewiesen Solidarität mit denen, die die Politik für ihre Zwecke zu nutzen wußten. Unter diesem Aspekt war es eine mutige und richtige Tat, die Risse im politischen ideologischen System, das mit unsichtbaren, aber tödlichen Waffen bewacht wurde, durch eine nur auf dem Papier existierende Ehe zu vertiefen. Die kleinlichen Bedenken, die unsere Eltern und Lehrer hatten, teilten wir nicht, die Angst davor, was passieren könnte, wenn das Gerüst in sich zusammenbrechen und das Kind gleichsam mit dem Bade ausgeschüttet würde.

Hätte uns einer jener frohgemuten Fünfzigjährigen, die *zu leben verstanden*, auf den Eintritt in die Partei angesprochen, so wäre es uns vielleicht eine Überlegung wert gewesen, aber da war niemand, der uns zu einem besseren Leben verführt hätte, wir konnten trotzig und offen Widerstand leisten und brachten erst später die Einweihungszeremonie hinter uns, die uns zu gezähmten Erwachsenen machte.

Nicht nur Isolde mußte die Tortur der Übersiedlung auf sich nehmen, sondern nahezu alle unsere Kolleginnen, die aus Szitapéntek, einem slowakischen Dorf jenseits der Grenze stammten und in Dobszerda zur Schule gingen. Alle, die aus Liebe oder wegen des Geldes, der Arbeit oder bloß aufgrund der Sprache auf dieser Seite der Grenze hatten leben wollen. Auch wenn es ihr nicht schwerfiel, die Gegend, in der sie geboren wurde, zu verlassen, und die Familie sie sogar dabei unterstützte zu übersiedeln, dauerte es schließlich doch noch ein oder zwei Jahre, bis sie hier heiraten durfte und ein ungarischer Staatsbürger damit die (offizielle) Verantwortung für sie übernahm. Vorher mußten sie Anträge ausfüllen, warten, in Vorzimmern hocken, bis man sie endlich unter dem Vorwurf der Undankbarkeit über die Grenze ließ.

Sie bekamen schließlich von der Ausländerbehörde ihre vorläufigen Papiere, die Mißtrauen hervorriefen und zu Komplikationen führten, sooft sie im Zusammenhang mit Arbeitssuche, Reisen, bei Stimmabgaben oder auch nur, weil man sich etwas ausleihen wollte, hervorgekramt werden mußten. Die Dokumente erwiesen sich immer als unzulänglich, aber all das war nicht wichtig, die Unannehmlichkeiten erschienen unbedeutend in Anbetracht der Tatsache, daß es nach zwei Jahren größter Mühen wirklich gelungen war, hier zu bleiben, zusammenzubleiben.

GRENZENLOSE GRENZE REGENZONE
AUF AUFGEWEICHTEM GEHSTEIG
DIE BÄUME DÄMMERN UND DER HIMMEL
UND DIE ZERSTAMPFTEN BLÄTTER HIER UND DORT
OHNE REGENSCHIRM WIR BEIDE
DURCHNÄSST AM TELEFON
RUFEN WIR EINANDER ZU
DORT AUCH …? HIER AUCH … SCHRECKLICHE STADT …
WIE LANGE NOCH … WANN … UND WORAUF WARTEN WIR …?

XX.

Wir waren zu viert an der Verschwörung beteiligt gewesen, Michi und ich, Isolde natürlich und die zweite Zeugin, Emese, der ich nicht viel zu erklären brauchte. Seit sie mich zusammen mit Isolde gesehen hatte, war ihr fast alles klar, sie besuchte mich manchmal in meiner Untermietswohnung in der Ürmös Gasse, in der ich allein zurückgeblieben war, nachdem Isolde aufgrund ihrer schlechten Leistungen und ihres Verhaltens von ihren hartherzigen Landsleuten nach Hause beordert worden war.

Ich war Emese gegenüber ganz offen, doch ich hatte das unangenehme Gefühl, daß der Punkt, von dem aus sie unsere Geschichte mit einer Mischung aus Gutmütigkeit und Gleichgültigkeit betrachtete, irgendwo weit außerhalb meines Horizonts lag. Eine Zeit lang machten wir vier uns vor, Freunde zu sein, aber wir waren es nicht, vor allem nicht alle vier, wir waren miteinander verwoben wie Trapezkünstler: Michi hatte Isolde für mich geheiratet, Isolde hingegen hatte ihn geheiratet, um sich in Ungarn niederlassen zu können. Manchmal aber waren sie selbst gerührt durch ihre Rollen, die sie für die Behörden so perfekt einstudiert hatten.

Das Paar, das sie darstellten, war unmöglich und lächerlich. Als hätte sich eine Füchsin mit einem Reh verlobt.

Dennoch erwachten in Isolde – vermutlich wegen des Schwurs, den die beiden geleistet hatten – von Zeit zu Zeit zärtliche Gefühle, und in ihm der gefinkelte Jagdtrieb.

Emese und ich beobachteten ihr Rollenspiel verstohlen und nicht ohne Eifersucht. Ich wußte, daß nicht ich es geschafft hatte, Emese zu überreden, Trauzeugin zu sein, am liebsten hätte sie überhaupt nichts bezeugt, wäre da nicht Michi gewesen, dem sie einen Gefallen tun wollte. Sie war zwar nicht glücklich darüber, aber sie willigte aus Freundschaft ein, als der Übersiedlungsprozeß schließlich in Gang kam.

Die Zwänge, denen wir ausgeliefert waren, quälten uns immer mehr. Ganz gleich, welchen Faden aus dem Knäuel wir zu lösen versuchten: die Umstände engten uns ein und würgten uns, schürften uns auf, lähmten uns. Selbst in unserer Ohnmacht dachten wir nicht daran, daß es doch auch so etwas wie Menschenrechte gibt, sie kamen uns gar nicht in den Sinn, denn weder ich noch Isolde hatten jemals welche besessen.

Es war vollkommen klar, daß Isolde gerade bei mir nicht würde wohnen können, daß sie nicht meinetwegen nach Ungarn ziehen durfte, nicht nur, weil ich keine eigene Wohnung besaß und auch kein Einkommen hatte – ich ging ja noch zur Schule –, sondern weil unsere Verbindung nirgends registriert werden konnte, ebensowenig wie hinterfragt werden mußte, warum Isoldes Haar, seit sie wieder in Szitapéntek leben mußte, büschelweise ausfiel, und ich, seit ich in Dobszerda alleingeblieben war, bereits zweimal durchgefallen war, weil ich nur selten zur Schule ging. Nicht einmal die Hoffnung konnte mir Trost bieten, denn ich war in allzu enge Abhängigkeit von meinem Telefon in der Ürmös Gasse geraten.

Und dieses Telefon war das einzige Mittel, mit dem wir unsere Verbindung aufrechterhalten konnten. Nur wußte

Isolde nie, wann und von wo aus sie mich würde anrufen können, aber jedesmal, wenn sie in der Stadt ein Telefon entdeckte, versuchte sie, mich anzurufen, wann immer es möglich war, ging sie zu alten Freunden ins Büro. Es war schwierig, von drüben zu telefonieren, von der Straße oder von einer Telefonzelle aus, nicht wegen des Geldes, das die stummen Apparate verschluckten, sondern wegen des flauen Gefühls, das diese Versuche hinterließen.

Es war unerträglich, in der Zelle zu stehen, den Brechreiz zu unterdrücken, die Nummer zu wählen und auf die verschiedensten Brummtöne und das Knistern zu achten, die mit jedem Versuch vertrauter wurden, sich vorzustellen, daß sich kleine Wellen auf den Weg gemacht hatten und versiegt waren, bevor sie Dobszerda erreichen konnten. Aber beim achten oder beim zweiundsechzigsten Versuch klappte es schließlich doch.

Es läutete, und ich griff hastig nach dem Hörer, denn ich hielt mich immer in der Nähe des Telefons auf, aber Isolde hörte mich nicht, oder ich hörte sie nicht, wir wurden unterbrochen oder hörten eine dritte Stimme sprechen, und ich wußte, daß es ihr zwar ganz gleichgültig war, aber es dennoch peinlich sein mußte, auf der Straße oder dem Postamt auf ungarisch *sei brav, ich liebe dich, geh doch zur Schule* zu brüllen.

Unter all diesen Magenkrämpfen hätten wir schon lange aufgeben können, aber vermutlich war die Beziehung, die zwischen uns und in uns aufblühte, unglaublich lebensfähig, gerade weil sie so unmöglich war, und wir waren bereit, den Ämtern genüge zu tun.

Uns kam die Hochzeit absolut echt vor, und wir verstanden überhaupt nicht, warum sich die Standesbeamtin darüber wunderte, daß wir weder Musik noch Sekt oder einen Fotografen bestellt hatten. Uns ging es nur um die amtliche Eintragung.

An dem großen Tag, als Isoldes Schnellzug mit einer kleinen Verspätung angekommen war, liefen wir eilig in unsere Untermietswohnungen, zogen uns um und standen bereits um ein Uhr feierlich und aufgeregt vor dem Standesamtsaal.

Wir lauschten der kurzen Ansprache der Beamtin, die sie routinemäßig herunterleierte, wobei sie ihre Stimme manchmal ergriffen senkte, dann wiederum resolut anhob, ihre Gesten wichen vom Sinn ihrer Sätze ab, wie ein Text, der zu einer fremden Melodie gesungen wird. Aber Michi und Isolde waren ein überzeugendes Paar, beide hochgewachsene, dunkelblonde, slawische Schönheiten. Sie küßten sich erst, als die Zeremonienmeisterin sie tadelnd darauf hinwies, und dabei wurden sie rot.

IN DER HÜTTE EINES SCHAFHIRTEN
WÄRMTEN SICH ZWEI MARKETENDER AUF
SIE HÜLLTEN IHRE LILA BRUST IN UNIFORMRÖCKE
UND IHR WEICHER GÄNSEHÄUTIGER RÜCKEN SCHWITZTE
ALS SIE AM WINZIGEN FENSTER STANDEN
DER HIRTE HIELT EINE KUPFERFARBENE MUTTER
DIE DEN KOPF NACH HINTEN WARF
DEN SCHWANZ MECKERND RECKTE UND REISSAUS NAHM
WÄHREND IHR BESITZER SIE RAMMELTE
PEITSCHTE UND DRINNEN EIN SILBERNES VIERTEL VERGING

XXI.

Wir feierten die Hochzeit in Emeses Wohnung. Ihre Mitbewohner waren nach Hause gefahren, und wir spielten den ganzen Abend Karten, bis Michi und Isolde müde wurden.

Emese richtete ihre Betten in getrennten Zimmern her, weder der frischgebackene Ehemann noch ich, mit der sie das Bündnis ja eigentlich geschlossen hatte, schliefen bei Isolde. Ich verbrachte die Nacht in der nach Öl stinkenden Küche und unterhielt mich mit Emese, dabei kam es mir schon etwas merkwürdig vor, daß ich mich nicht gleich von ihr verabschiedete, um zu Isolde zu eilen.

Wir saßen in der Küche dieser Wohnung im dritten Stock auf Möbelstücken, die als Sitzgelegenheit bezeichnet wurden, dabei waren sie unbequemer als jeder einfache Hocker. Emese räumte zwischendurch auf wie eine Hausfrau, schob das Geschirr ins Spülbecken, hatte aber keine Lust abzuspülen. Sie wischte immer wieder den Tisch ab, und wir nippten an dem Rest Rosé. Ich tat so, als würde ich noch lesen wollen, dabei fand ich es einfach angenehm, mit Emese zusammenzusein, deren Vorbehalte dem Geschehenen gegenüber tröstlich waren, denn sie gaben mir jetzt die Gelegenheit, diese Zweifel gründlich zu widerlegen, obwohl sie auch in mir langsam aufstiegen.

Ich hatte keine Lust, schlafen zu gehen, wollte Emese nicht alleinlassen, die sich nun doch entschlossen hatte, das Geschirr zu spülen und leise über die Teller strich, von denen wir zu diesem feierlichen Anlaß gebackene Leber gegessen hatten. Ich schlug mein Buch auf und begann zu lesen, aber ich mußte dauernd an uns beide, Emese und mich, denken, und die Zeilen im Buch nahmen nach und nach neue Bedeutungen an. Ich griff nach einem gelben Leuchtstift und unterstrich einen Absatz, der Emese ansprechen sollte.

Einige von Ihnen wissen nicht, was Sie wollen. Streng geben Sie uns zu verstehen, daß Sie nur an einer Freundschaft interessiert sind und um nichts in der Welt an etwas anderes denken könnten. Und sobald wir diese Bedingung ernst nehmen, sind Sie nicht zufrieden mit uns.

Emese trocknete sich die Hände ab und stellte sich neben den Tisch. Sie überflog die Zeilen, die ihr zugedacht waren, und ihr Puppengesicht zeigte nur wenig Rührung. Sie nahm mir den Textmarker aus der Hand und begann zu blättern, um mir antworten zu können.

Ich will mich nicht mit Dingen dieser Art auseinandersetzen, mich nicht um sie kümmern, gab Emese zur Antwort. *Genug der Leidenschaft*, unterstrich sie gelb, und ich fand rasch die passenden Zeilen dazu:

Was würden Sie sagen, wenn ich Ihnen jetzt, nach allem, was geschehen ist, zu verstehen gäbe, daß ich Sie trotzdem, bis in alle Zeiten …, – aber sie antwortete mit:

Davon sollten Sie nicht mal träumen. Sie hätten sich nicht so sehr kompromittieren müssen, – ich provozierte sie weiter:

Warum verschließt du dich, mein Herz? Öffne dich! – diesmal nicht ergebnislos:

Es scheint, als spürten Sie, was in mir vorgeht …, Gefühle haben damit nichts zu tun, – es war das erste Mal, daß Emese und ich über Gefühle sprachen, und ich hatte große Lust weiterzumachen. Ich wünschte mir, daß dieses Spiel mit der Farbe sie mutiger machte, daß sie mich ein wenig wissen lassen würde, wie es in ihr drinnen aussah, nachdem sie alles erfahren hatte und manchmal in die Ürmös Gasse gekommen war, um mich zu trösten.

Solltest du wirklich alles vergessen haben? Wirst du tun, als wüßtest du von all dem nichts? trieb ich sie in die Enge.

Was die Liebe betrifft, ist die wohl unbeständig … nimm es zur Kenntnis, unterstrich Emese nach kurzem Blättern gelb, und ich mußte feststellen, daß mir die Art, wie sie über Isolde dachte, nicht lieb war. Ich wollte keinesfalls, daß sie vom Thema abwich.

Als ich mich über Ihren Schoß beugte, um Ihre Hand zu küssen, versuchten Sie sogar über mein Haar zu streichen, erinnerte ich Emese an jenen flüchtigen Moment, der sich zwischen uns beiden abgespielt hatte.

Ich empfand es als beengende Pein und reinen Ekel, gab sie zur Antwort.

Nimm es nicht so ernst, sagte ich.

Spielst du jetzt auch noch die Kluge? Ich hasse dich, mein Goldstück, schleuderte mir Emese – oder war es mein Buch? – entgegen.

Wäre es nicht schöner gewesen, hätten wir beide uns auf den Boden gesetzt und zu Tode geküßt, verfiel ich in Flehen.

Niemals, niemals du Dirne, wies mich Emese genüßlich ab, und ich hatte gerade die passende Antwortzeile gefunden, als Isolde müde blinzelnd in der Küche auftauchte. Sie legte ihre Hände auf unsere Köpfe und sah sich an, was wir gemacht hatten. Für einen Moment lang mußte sie sich wohl ausgeschlossen fühlen, denn keine von uns beiden wollte sagen, was wir gespielt hatten. Ich blätterte in den mittlerweile leuchtend gelben Buchseiten weiter, bis ich die Antwort gefunden hatte.

Moral in Liebesdingen? Der Trost der Schwachen, meine Freundin, ich versteckte die Worte unter einer säuberlich geraden Linie und schob sie Emese hin. Dabei stand ich auf, entschlossen, ins Bett zu gehen und wütend, weil ich Emeses Blicke nicht zu deuten vermochte, mit denen sie – ohne Worte – „Gute Nacht“ wünschte.

Emese klappte das Buch zu und schob die Kappe auf den Textmarker.

XXII.

„Was meinen Sie, wann diese Gedichte wohl geschrieben worden sind“, quälte ich Ursula Hostell hinterlistig weiter. Sie sollte sich endlich offenbaren. Dabei glaubte ich nicht wirklich, daß sie sie selbst verfaßt hatte, denn sie sah überhaupt nicht so aus, als könnte sie stundenlang über einem Blatt Papier brüten. Aber selbst wenn sie gebrütet hätte, so hätte das noch nicht erklärt, warum sich die Gedichte ausgerechnet in mein Leben einschleichen mußten, warum die Autorin die Gedichte ausgerechnet aus meinem Innersten hervorgekramt hatte.

Ich stellte mir vor, daß da zuerst das Wort gewesen ist, das unüberlegt niedergeschriebene oder ausgesprochene Wort, das zu Leben erwachte, und mich öfter als einmal stutzig werden ließ, wie ein nervöses Pferd auf einer schmalen Brücke. Aber die Rolle, die ich selbst in der Geschichte spiele, ist letztrangig. Man hatte mich auserkoren, und damit genug.

Es schüttete seit Stunden ohne Unterlaß, und das Regenwasser, das von den Hügeln der Umgebung ins Tal strömte, war drauf und dran, das kleine Dorf mitzureißen, in dem wir unser Zelt aufgeschlagen hatten. Aus dem

Fußballplatz war ein kleiner See geworden, dessen Oberfläche vom Regen Schaumkronen hatte. Michis wackeliges Zelt widerstand dem sumpfigen Morast. Er selbst saß drinnen im Trockenen und grinste uns an. Wutschnaubend ging Isolde um unser Zelt herum und schlug mit einem kleinen Hammer auf die Zeltheringe ein. Aber es war sinnlos, sie blieben in der vollkommen aufgeweichten Erde einfach nicht stecken.

Ich hockte triefnaß und wie gelähmt durch die Hammerschläge vor dem Eingang unter dem Oberzelt, bis die tropfende Zeltplane auf mich herabfiel. Das war der Anstoß, den ich gebraucht hatte, um endlich hervorzukriechen und beim Zusammenpacken zu helfen. Ich spürte Isoldes Mißmut, den sie abwechselnd auf Michi und mich während dieses schrecklichen, gemeinsamen Ausflugs verteilte, auf dem unsere Eifersüchteleien und Rivalitäten stärker zutage traten als vorher.

Das nasse Zelt war sehr schwer. Isolde mußte es hochheben, damit ich aufstehen konnte, und wir machten uns tropfend und langsam auf den Weg zum Bahnhof, der noch weiter vom Dorf entfernt lag als der Fußballplatz. Eigentlich war es ein Bahnwärterhaus mit einem winzigen Warteraum, dessen Boden mit geölten Brettern ausgelegt worden war. Es stank hier, aber wir waren im Trockenen. Endlich konnten wir uns umziehen und unsere feuchten, kotigen Kleider und das Zelt im Warteraum über die beiden Bänke ausbreiten, deren gußeisene Gestelle mit Ofensilber gestrichen worden waren.

Michi kam kurz nach uns an, und wir sprachen kein Wort mit ihm. Er zündete in dem runden, kleinen Eisenofen ein Feuer an, opferte dafür seine Sportzeitung und den Rest Petroleum, um die feuchten Zweige, die er von einer Tanne hinter dem Wärterhäuschen abgeknickt hatte, zum Brennen zu bringen. Trotzdem bibberten wir weiter, vor allem Isolde, die nicht damit aufhören wollte, dabei hatte sie sich schon meinen Trainingsanzug und Michis Anorak übergezogen.

Dem Bahnwärter, der mit dem Fahrrad aus dem Dorf gekommen war, um den letzten Zug des Tages abzufertigen, mißfiel es, daß wir uns so häuslich niedergelassen hatten. Er schluckte seinen Ärger jedoch aus Mitleid mit Isolde hinunter und lud uns zu sich nach Hause ein. Wir sollten die Nacht bei ihm verbringen, während unsere Sachen sicher versperrt im Warteraum trocknen könnten.

Wir nahmen die Einladung an, obwohl sie nicht gerade verlockend klang, denn der Bahnwärter wohnte zusammen mit seiner Frau in einem sehr kleinen Häuschen am Rande des Dorfes.

Sie machten in der kleinen Küche Feuer, die Frau röstete Brotscheiben, die sie mit Knoblauch bestrich, und kochte Tee. Wir saßen auf Hockern rund um den Tisch, auf dem eine rotkarierte Kunststofftischdecke lag, und waren dann doch recht zufrieden. Vermutlich war dies der Grund, warum wir uns bereitwillig ausfragen ließen.

Bevor wir zu Bett gingen, hatten wir mit dem Eisenbahnerehepaar den gesamten Lauf der Welt besprochen. Sie hatten sogar erfahren, daß Isolde Michis Frau war, und so schickten sie die beiden ins kleine Zimmer hinüber, wo sie auf einer ausziehbaren Couch unter einer Decke schlafen sollten. Für mich richteten sie im großen Zimmer eine Schlafstelle her, auf einer Chaiselongue am Fußende ihrer Eschenholzbetten, auf denen sich riesige Daunendecken türmten.

Isolde und Michi grinsten mich amüsiert an, als der Bahnwärter den Ofenschirm wegstellte, der im Türrahmen zwischen den beiden Räumen stand. Er wünschte ihnen eine gute Nacht und versperrte das kleine Durchgangszimmer, das er erst im Morgengrauen wegen des Frühzuges würde durchqueren müssen. Es gab keine Möglichkeit, Plätze zu tauschen und den gutgemeinten Irrtum zu korrigieren.

Ich konnte nicht einschlafen, ich fror unter den Decken, die ich mir sogar über den Kopf gezogen hatte, und bemühte mich, vor Kälte nicht zu laut mit den Zähnen zu klappern.

Isolde drehte Michi unruhig den Rücken zu, Michi hatte Isolde ebenfalls den Rücken zugewandt. Ihre Decke erwies sich als zu schmal und zwang Isolde, sich mit dem Rücken näher an Michi zu drängen, der schön warm war und schon friedlich schlummerte. Isolde spürte, daß der ausgesprochen linkisch wirkende Michi doch so ein Mann war, wie er im *chauvinistischen Lexikon* beschrieben wurde, *ein Lebewesen von kräftigerem Wuchs als das Weib, muskulös, stark, das bei vollem Entwicklungsstand über selbständige Welterfahrenheit und unanzweifelbare Sittlichkeit verfügt. Eine feste Stütze für die schwache und stumpfsinnige Frau …*

Im ersten Moment hatte sie keine Erklärung für die Sehnsucht, die in ihr zu brennen begann und sich auf ihre Brüste und Schenkel ausbreitete. Sie erwachte vor Kälte, die dennoch unter die Decke kroch und sie zwang, sich umzudrehen und sich eng an Michis Rücken zu schmiegen.

WEIT ENTFERNT VON DEN PLANWAGEN
TROLLTE SICH MITTAGS EIN CLOWN
SCHWARZ UND SCHMAL WIE DER WINTERWALD
UND DA SICH AM KÄFIG KEINE NEUGIERIGEN DRÄNGTEN
LUSTWANDELTE HUNGRIG AUF SEINEN SPUREN
OXANA DER TOLLE GEWICHTHEBER
HALB FRAU HALB MANN

XXIII.

Eine Woche später waren Michi und Isolde noch immer bei dem Eisenbahnerehepaar, ich hingegen war bereits im Morgengrauen nach der ersten Nacht durch das leise Schnarchen des Wärters aufgewacht, war dann mit ihm gegangen und hatte mich in den Zug gesetzt. Mir war klar, daß ich mein Telegramm, das beiden galt, an diese Adresse würde schicken müssen. Der Text bestand nur aus den Worten „Komm allein", und Isolde hielt Michi das Telegramm, das, so glaubte sie, ausschließlich ihr und nicht Michi die gemeinsame Weiterreise untersagte, während der Heimfahrt unter die Nase.

Michi stand der Sache ratlos gegenüber, dieses dämliche, anmaßende Telegramm war schließlich auch an ihn gerichtet gewesen. Isolde hatte jedoch, was ihn betraf, aus irgendeinem Grund jede Geduld verloren. Michi kam ihr vor wie ein unschuldiges, großes Kind, dessen Gesten, so sehr er sich auch bemühte, tollpatschig blieben, und sie konnte ihn einfach nicht mehr ertragen.

Hätte Isolde auch nur die leiseste Ahnung davon gehabt, was Toleranz war, so hätte sie vielleicht bemerkt, daß Michi trotz oder gerade wegen ihrer Gereiztheit seinerseits an Persönlichkeit gewann. Isolde aber meinte, zu Recht grantig zu sein.

In der Metro zwischen Süd- und Westbahnhof gelang es ihr schließlich, Michi abzuschütteln. Bis dahin hatte er gekränkt Isoldes Gepäck geschleppt und kein Wort mehr gesprochen. Er hatte beschlossen, ihre Hysterie zu ignorieren: eine Frau ist eben so. Sie hat ihre Tage oder bekommt sie bald, sie ist trotzig und schlägt hilflos um sich, weil sie in Wirklichkeit nicht weiß, was sie überhaupt will.

„So ein Wesen kann ich nicht sich selbst überlassen", dachte Michi, und er blieb entschlossen bei ihr. Isolde war nun nicht mehr bereit, die Konsequenzen ihrer Heirat mitzutragen und sich endlich auch seiner Mutter als Schwiegertochter vorstellen zu lassen.

Sie war überzeugt davon, es keine Minute länger mit Michi aushalten zu können. Als sie umstiegen, brüllte sie laut los, alle Menschen in dem zugigen und glitzernden Schacht drehten sich nach den beiden um, der Zug fuhr endlich ein, und sie schubsten einander vor der automatischen Wagentür.

Isolde stand noch auf dem Bahnsteig, Michi bereits mit einem Bein in der Metro, als das Signal ertönte und die beiden Türhälften sich schließen wollten. Im letzten Moment stieg hastig eine Frau ein. In der linken Hand hielt sie einen zusammengeklappten Kinderwagen, auf dem rechten Arm hatte sie ein Kleinkind. Michi wich ein Stück zurück und hielt die Riemen von Isoldes Seesack fest. Die Frau drängte ihn noch einen Schritt weiter hinein ins Wageninnere, und als Michi sich festzuhalten versuchte, riß Isolde ihre Sachen an sich, und zwischen den beiden schloß sich die Tür.

Michi drückte sein Gesicht gegen das Fenster und warf Isolde einen Blick zu, der voller Verständnis war, aber zugleich auch voller Vorwurf.

Isolde kochte innerlich vor Wut, winkte ihm jedoch zähneknirschend nach. Sie wußte, daß Michi sie nun nicht mehr bis zu mir verfolgen würde. Er war an dem, was ihn dort erwartete, nicht mehr interessiert.

Isolde kam an und richtete sich in meinem kargen Studierzimmer im Kolleg ein, denn dies war die einfachste Lösung, das administrative Vakuum, das sie umgab, als sie aus ihrer alten Heimat in die neue zog, zu umgehen.

Wir schliefen auf meinem sechzig Zentimeter breiten Sofa und hatten nicht die geringste Lust, einander zu berühren, bemühten uns dabei angestrengt zu ignorieren, daß dies auf so engem Raum letztlich doch unumgänglich sein würde. Isolde hatte nicht die Absicht, mich damit zu bestrafen, indem sie mir alles erzählte, was passiert war. Wem sonst hätte sie sich anvertrauen können.

Sie hatte etwas mehr Großzügigkeit von mir erwartet. Schließlich war sie unseren Plänen doch treu geblieben. Meine vorwurfsvollen Hinweise auf ein Kind, das uns gerade noch fehlte, das wir schließlich gemeinsam erwarten würden und das Isoldes verantwortungslose Untreue beweisen würde, hielt sie für pure Kleinlichkeit. Wir neckten einander mit diesen Aussichten, während die Monate vergingen und wir Geld sparten für ein winzigkleines Waldhaus, eine halbe Tagesreise vom Haus des Bahnwärterehepaares entfernt.

HINTER AUFGETÜRMTEN BRETTERN UND
EISENSTANGEN
SCHEINT ES DUNKEL ZU SEIN
SCHEINT KERZENAUSLÖSCHENDE
KIRCHENDUNKELHEIT ZU WEHEN
VON BRETTERN UND EISENSTANGEN
HINTER DEM GERÜST DUNKELHEIT
SCHEINT EINE KIRCHE ZU SEIN
SCHEINT EINEN GEPLÜNDERTEN INNENRAUM ZU HABEN
SCHEINT EINEN ZERFETZTEN UMHANG ZU HABEN
DIE DUNKELHEIT ANS GERÜST GENAGELT
ALS BEHERRSCHTE SIE DAS LAND
DOCH DIE STRASSENLAMPEN SIND SEZIERMESSER
SCHEINT NUR DAS BLANKE GESTELL DA ZU SEIN

XXIV.

In jenem Jahr nahm man selbst politisch unzuverlässigen Geschichtsstudenten gegenüber kein Blatt mehr vor den Mund und erklärte offen, es sei wahr: 1956 hatten die Kommunisten die Chance auf eine Weiterentwicklung der Demokratie zerschossen. Als jedoch der Jahrestag der Revolution herannahte, mußten sogar sämtliche Eisenbahner in ihre Uniformen schlüpfen und potentielle Verrückte kontrollieren. Von den müden, kleinstädtischen Gymnasiasten wurde noch immer verlangt, daß sie den Lebenslauf von Eta Geisler auswendig kannten, um ihn bei den ach so spannenden Schülerwettbewerben stolz vorstellen zu dürfen.

Glaubte man den Worten Galina Galinovas, unserer Direktorin, so bewohnte ich ein luxuriöses Appartement im ersten Stock des Mädchenkollegs. Durch die dunkle Ecke im Flur kam man in ein ziemlich kleines Vorzimmer, von dem sowohl Bad als auch Wohnzimmer abgingen. Im Wohnzimmer befand sich meine Schlaf-, Koch- und Arbeitsnische. Ein kleiner Tisch für die Schreibmaschine, zwei Lehnstühle, ein Sofa und ein Fernsehapparat standen darin. Ich stellte mir vor, daß Isolde und ich hier bequem Platz haben würden.

Isolde befolgte konspirativ die Regeln der Illegalität, hielt ihren Bewegungsdrang im Zaum, bis ich zwischen zwei Unterrichtsstunden nach Hause kam oder das Nachmittags-Silentium schwänzte. War sie allein, so sah sie mit abgestelltem Ton fern oder las. An den Wochenenden machten wir Ausflüge und konnten uns dann endlich frei in den widerhallenden Gemeinschaftsräumen des Kollegs bewegen.

Es waren nicht meine Kolleginnen, mit denen ich zusammen zu Mittag aß, denen auffiel, daß ich mir nach meiner mißmutig verzehrten Mahlzeit umgehend noch eine zweite Portion holte, mit der ich mich später auf mein Zimmer davonstahl, sondern die jungen Gänse, die mich den ganzen Tag über nicht aus den Augen ließen und jede leise Bewegung meines Vorhanges beobachteten. Schließlich wollten sie einen Beweis für die Anwesenheit meiner unsichtbaren Mitbewohnerin haben. Unter Anwendung eines miesen Tricks nutzten sie dafür eines der Silentien aus. Meine eigene Gruppe, angeführt von einem sommersprossigen, frechen, aber klugen kleinen Mädchen, das mich in provokativen Briefchen manchmal um Rat bat, wie sie sich wohl das Masturbieren abgewöhnen könnte, wofür sie häufig die Klasse verlassen mußte, hatte diese List ausgeheckt und den Plan ausgeführt.

Ich wußte keine Antwort auf ihre Frage und versuchte, nicht verlegen zu werden.

„Wenn du gehen mußt, dann geh“, sagte ich und beendete so die peinliche Situation zwischen uns. Von da an verließ sie manchmal auch die Silentien, um abwechselnd mit ihren Klassenkameradinnen die Zeit vor meinem Zimmer zu verbringen und herumzuspionieren.

Sie verschafften sich schon bald Gewißheit, wollten aber, daß auch ich davon erfuhr. Also klopften sie eines Tages entschlossen an unsere Zimmertür. Das sommersprossige kleine Biest flüsterte freundlich und sanft wie ein Reh: „Leona hat uns geschickt, sei so lieb, gib uns ihre Brille!" – und die verwunderte Isolde ging ihnen auf den Leim. Natürlich konnte sie meine Brille nicht finden, denn ich hatte sie ja auf der Nase. Dennoch öffnete sie die Tür einen Spalt und teilte den Mädchen mit, die Brille sei nicht da, ich müsse sie bei mir haben.

Bis zum Frühjahr wußten schon alle von der versteckten Isolde: die Kollegsleitung, der Portier und die Putzfrauen. Aber lediglich die Mädchen spielten manchmal auf das Geheimnis an, und ich war bemüht, dessen politische Dimension hervorzuheben. Für die Erwachsenen blieb es ein Tabu, etwas, über das nicht gesprochen wurde und mit dem nur schwer umgegangen werden konnte. Selbst Galina Galinova sprach niemals darüber, da überführte sie mich schon lieber.

„So etwas habe ich noch nie erlebt, daß jemand aber auch wirklich überhaupt nichts tut", sagte sie während der Nikolausfeier mit betroffenem Gesichtsausdruck, als sich herausgestellt hatte, daß ich mich nicht um die Vorbereitungen für den Wettkampf der Erstkläßler gekümmert hatte, der anläßlich der Feier des Namensgebers unseres Kollegs stattfinden sollte. Ich führte mangelndes Interesse meinerseits an – sie nahm die Angelegenheit vorbildlich selbst in die Hand.

Ich schämte mich oft für meine Unfähigkeit und Bequemlichkeit und auch dafür, daß ich alle in meiner Umgebung ohne Ausnahme belügen mußte, weder vor meinen Kolleginnen noch vor den Kindern zu mir stehen konnte. Vor den Mädchen mußte ich noch dazu die Erwachsene spielen, denn mir war schließlich schon alles erlaubt: fernsehen statt schlafen, junge Männer in meinem Zimmer empfangen oder die Nacht außerhalb des Kollegs verbringen.

Ich hätte den anderen Mädchen all das auch erlauben können, denn ich sah nicht viel erwachsener aus als sie. Jedesmal wenn Leute in meinen Unterricht oder ins Silentium kamen, fragten sie, wo denn die Lehrerin sei. Unter lautem Gelächter stellte sich heraus, daß ich mitten unter den Schülerinnen stand, und daß hier zwar auch gelernt wurde, bloß war ich unfähig, auch nur im geringsten für Ruhe zu sorgen und mich damit stolz und beispielhaft hervorzutun. Sie hörten nicht auf mich, und jeder ihrer Sätze begann mit „Aber …“, selbst wenn es um Angelegenheiten ging, die keine Diskussion zuließen, und sie diskutierten mit keiner meiner Kolleginnen, nur mit mir.

Sie wußten genau, daß ich, wie sie, Ablehnung jedweder Reglementierung gegenüber empfand. Jedes Ge- oder Verbot provozierte auch in mir ein gewohnheitsmäßiges „Warum …?“, eine Gewohnheit, die ich nur sehr langsam abzulegen vermochte.

Ich fühlte mich in meinem Arbeitsbereich vollkommen inkompetent. Sie hätten mich jederzeit auffordern können zu gehen, denn ich war eine Betrügerin und trickste sie mutwillig und hinterlistig aus. Ich hinterging sie alle.

Dieses Gefühl ergriff bereits im Morgengrauen Besitz von mir, wenn in dem ganzen Gebäude das Echo meiner Alt-Stimme widerhallte und die schlaftrunkenen, rotbackigen Mädchen zum Aufwachen ermunterte, steigerte sich dann tagsüber während der Zimmerkontrolle und bis zum Aufs-Zimmer-Gehen und erreichte seinen Höhepunkt am Abend in der Viertelstunde vor dem Ausschalten des Lichts.

Als Lehrerin, die ständig im Kolleg wohnte, mußte ich den Nachtdienst übernehmen: durch die Zimmer, Toiletten und Badezimmer gehen und alle Mädchen schlafen schikken, die nackten, kleinen Backfische, die jungen Frauen in ihren Babydolls, die Schönheiten, die in den dampfenden Duschräumen rauchten, die schon alles wußten und vor denen das Leben dalag wie ein offenes Buch voller Überraschungen.

In meiner zunehmenden Unsicherheit war ich außergewöhnlich streng und gab ihnen, gequält von meiner eigenen Falschheit, meist noch gerade zwei Minuten Zeit dafür, auf ihre Zimmer zu verschwinden.

Im Laufe dieses langen Jahres wurde ich nur ein einziges Mal bloßgestellt, und das gleich in der ersten Woche durch die Tochter meiner Direktorin, einem Kindergartenkind namens Blume, als ich an ihrem Tisch zu Abend aß.

„Bist du ein Junge oder ein Mädchen?" fragte sie und versuchte, mich zu analysieren. „Deine Kleider sind nicht mädchenhaft, auch deine Schuhe nicht. Deine Stimme ist wie die eines Jungen, und deine Haare sind auch nicht lang. Du bist ein Junge? Oder bist du ein Mädchen?" Auf diese Frage antwortete ich seit einiger Zeit mit „was wäre dir lieber", „rate doch" oder ähnlichem.

Diesmal hatte ich dazu keine Gelegenheit, denn die Mutter forderte das Kind zum Glück auf, still zu sein. Einigermaßen irritiert und nervös erklärte sie der Kleinen, was sie zwar wußte, aber nicht sehen konnte: daß ich eine *Tante* sei – für sie.

TEEKANNE DAMPFT ÜBER DEM TISCH
ALS BRENNE EIN OFEN DA DRINNEN
GLÜHEND EIN GIERIGER BIRNENOFEN
SEIN WIDERSCHEIN LÄUFT DIR ÜBER DEN RÜCKEN
WIE HERBSTLICHER EFEU ÜBER HÄNGENDE GÄRTEN
HERBSTLICHER EFEU ÜBER HÄNGENDE GÄRTEN
WIE DIE DUFTENDE LINDE ERSTRAHLT
IM FRÜH DÄMMERNDEN ABENDLICHT
MIR ÜBER DIE HÄNDE STREICHT BEVOR DU SIE SCHLIESST
TU'S NICHT

XXV.

Ohne jegliche Bedenken waren Isolde und ich in den Wald gezogen, hatten zwei Rucksäcke mit unseren Sachen geschleppt und drei Hunde – Michis langbeinige Windhunde und den ehrwürdigen Loncsi – an ihren Leinen hinter uns hergezogen, vielleicht um genau jene Details zu entdecken, die in diesen Gedichten beschrieben sind. Nur daß wir zwei sie nicht zu sehen vermochten.

Uns blieb keine Zeit, die wie von blutigen Zeichen durchfurchten, porösen Dachziegel zu bestaunen, denn wir mußten sie aufs Dach legen, damit unser Haus im Falle eines unerwarteten Regengusses nicht unter Wasser stünde. Wir bewunderten nicht die erschreckend vielen, faszinierenden Insekten, nicht die Würmer, nicht die Nagetiere. Dabei stießen wir doch ständig mit ihnen zusammen, wir mit den Winzlingen, brutal und ignorant vernichteten wir sie scharenweise, nur durch unsere Schritte und Bewegungen.

Sobald ich in meine Jackentasche griff, zerbröckelte ich leuchtend grüne Nissen, wenn ich mich ins Gras warf, erwürgte oder erdrückte ich Unmengen von Tieren, das Blut ganzer Heerscharen von Würmern wurde vergossen, als wir unseren Garten umgruben. Wir vollzogen systematisch die Vertreibung der gestreiften, rötlich braunen Feldmäuse und der grauen Baumschläfer aus dem Keller, dem Dachboden, der Tiefe der Schränke und der Mauerritzen.

Selbst auf die zerfurchten alten Holzstücke nahmen wir keine Rücksicht, sondern schleuderten sie in den Weidenkorb und schleppten sie hinauf zum Haus, neben den Ofen, der mehrere Korbladungen voll pro Tag verschlang. Nur mit Mühe gelang es uns, genügend Heizmaterial zu sammeln.

Wir hatten uns nach dem reinen und einfachen Leben gesehnt, das lediglich von Arbeit begleitet sein sollte, die diesem einfachen und reinen Dasein diente. Sie sollte keinen Profit abwerfen, sondern lediglich uns befriedigen. Arbeit, die wir richtig machen könnten, in der wir uns nicht verirren würden.

Im Interesse noch größerer Reinheit zischte abends in einem Aluminiumtopf auf dem Ofen siedendes Wasser, während wir bei Kerzenlicht lasen. Kerzenlicht war viel teurer als elektrisches Licht, aber es tauchte alles um uns herum in ein angenehmes Dämmerlicht. Später stellten wir den Waschtisch in die Mitte des Wohnraums, stellten den grünen Kunststoffbottich darauf und wuschen uns beide. Das Waschen bestand aus vier verschiedenen Durchgängen, manchmal mußten wir heißes Wasser nachgießen. Wir tauschten es allerdings nicht gegen frisches, denn der Brunnen war viel zu weit entfernt und die Kübel schwer.

Abend für Abend diskutierten wir darüber, wer von uns beiden mit der Wäsche beginnen sollte, dabei hätten wir uns doch darum streiten sollen, die erste sein zu dürfen. Fast immer mußte ich klein beigeben, denn Isolde konnte nur schwer mit dem Lesen aufhören.

Es war kein schlechtes Gefühl, aus den Pullovern zu schlüpfen, aus den nicht mehr sauber zu waschenden Hosen, und im sanften Licht die Luft über die Haut streichen zu lassen, die immer gleichen und sparsamen Bewegungen der Prozedur in der Hitze zu vollziehen, die vom Ofen ausströmte, sich über den Bottich zu beugen, alle Körperteile bis zur Taille ins dampfende Wasser zu strecken sie mit biologischer Seife zu waschen, den Schaum wegzuschwemmen, aber vorsichtig, damit das Haus nicht unter Wasser stand.

Noch besser war es, Isolde zuzusehen, wenn sie an der Reihe war. Sie zelebrierte den allabendlichen Waschtanz langsam und gewissenhaft.

Ich legte Holz nach und ließ die Ofentür lange offenstehen, sah zu, wie der Schatten der Kerze mit dem des Feuers auf Isoldes Haut spielte, die wie das Mondlicht glänzte, während sie sich hinunterbeugte, denn sie begann, sich von der Taille abwärts zu waschen. Sie stellte sich in den Bottich und ließ das Wasser über ihre Oberschenkel und Knie rinnen. Dann hockte sie sich nieder, schrumpfte, wurde ganz klein, die glänzenden Muskeln auf ihrem Rücken bewegten sich unter ihrer Haut, während sie sich versunken und andächtig wusch.

Wir schliefen nicht in einem Bett, blieben aber abends wegen des Kerzenlichts nebeneinander liegen. Sobald Isolde das Buch aus der Hand legte, schickte sie mich ins andere Zimmer. Meist verzog ich mich friedlich und tröstete mich damit, daß sie ja doch mit mir zusammenlebte, selbst wenn sie nicht mit mir zusammenlebte.

NICHT BEGEHBARE PRACHTSTRASSEN
DER WALD HAT SICH GEÖFFNET JETZT IM SCHNEE
PLÄTZE ALLEEN ABENDLICHE SÄLE
SETZEN SICH STERNVERZWEIGT FORT
SCHWACHES VOGELBEINCHENMUSTER
VERZWEIGENDER ZWEIGE ASSONANZ
UND DIE SCHWINDENDEN SAITEN DES HIMMELS
BEKLAGEN TIEF UNTEN DEN GLANZ
NICHTS GEHT HEUT DEM ENDE ZU
DAS VERLOR'NE SCHMÜCKT
SCHNEEBEDECKT-BESEELTE EROBERUNG
UND WEISS NEIGT SICH ZU SCHWARZ

XXVI.

Es ist nicht leicht zu erzählen, was wirklich geschah, die Veränderungen hatten auf unerklärliche Weise Besitz von uns ergriffen. Keine konnte ahnen, daß wir hier in unserem freiwilligen Exil Freundinnen finden würden. Und das war wohl auch der Grund, warum das Gesicht jener beginnenden Liebe anders aussah, fremd. Sie hatte sich eine Zeitlang als frisch gebackene Freundschaft maskiert, als Isolde und ich noch dabei waren, unsere Träume zu verwirklichen.

Im Dorf, das zu Fuß nur eine Stunde von unserem Wald entfernt lag, lebten zwei Frauen zusammen, genau wie wir. Einer unserer Nachbarn, der einen Weingarten neben uns besaß, hatte es uns verraten. Er war verwundert und verstand die Häufung all dieser unverheirateten, aufeinander bezogenen Frauen in der Gegend nicht.

„Die machen auch dasselbe, sie schnipseln den ganzen Tag über an dem Holz der Weinstöcke herum, aber sie haben niemanden, der ihnen den Rasen mäht, den Wagen anschiebt oder auch nur einen Ziegel aufs Dach legt, einen Mann eben“, und er warf uns einen prüfenden Blick zu.

An dieser Stelle hätten wir ihm überzeugend beipflichten sollen, aber wir konnten nicht, denn wir hatten ja auch keinen Mann bei uns, den wir hätten vorzeigen können. Sobald der gutmütige Nachbar den Wein, den er in einer leeren Zitronensaftflasche mitgebracht hatte, ausgetrunken hatte und sich langsam, betrunken und in Gedanken versunken davontrollte, beschlossen Isolde und ich, diese beiden Frauen einmal zu besuchen.

Sie wohnten in einem kleinen Haus mitten im Dorf. Hinter dem dichten Zaun war Hundegebell zu hören. Wir standen unsicher da, bis uns eine ältere Frauenstimme aus dem Nachbarhaus zurief:

„Die Mädchen sind zu Hause, Sie müssen an der Glocke ziehen!“ Schließlich entdeckten wir das farbige Band, das an einer Glocke oberhalb der Tür angebracht war, und Isolde zog daran. Man hörte den brummenden Ton einer elektrischen Klingel, dann öffnete sich die Eingangstür einen Spalt breit.

„Was gibt's?“ fragte eine große, dunkelhaarige, blauäugige Frau, während sie auf uns zukam und ihre großen Hände an einer staubigen, blauen Schürze abwischte. Sie sah uns ein wenig gelangweilt, aber freundlich an, bis wir ihr erklärten, wir seien gekommen, um uns die Wurzelholzfiguren anzusehen.

Wir empfanden die Situation damals als peinlich, kamen aber nach ein paar Wochen dahinter, daß dies zu ihrem Alltag gehörte: neugierige Fremde kamen zu jeder Tages- und Nachtzeit hereinspaziert und erwarteten, für ihr Interesse dankbar aufgenommen zu werden. Ihre Erwartungen wurden meist erfüllt, denn die beiden Frauen lebten vom Verkauf ihrer Schnitzereien.

Wir benahmen uns recht höflich und drängten uns hinter Taube durch das Tor. Unmittelbar dahinter lag ihre

Werkstatt, ein größeres, helles Vorzimmer, das früher einmal die Küche gewesen sein mußte. In der Ecke stand ein Eisenofen, darauf ein Teekessel, unter dem Fenster eine alte Schulbank, auf dessen Lehne, dem Licht zugewandt, Paloma saß.

Sie erwiderte unseren Gruß, blickte aber nicht auf, sondern schnitzte weiter an ihrem Weinstock, den sie auf den Knien hielt. Ihre blaue Schürze war übersät von dunkelroten Wurzelspänen. An den Wänden standen Regale voll mit fertigen Stücken, elfenbeinfarbene, rosarote, malvenfarbene und weinrote Wurzeln, die sie gesäubert und stellenweise ein wenig bearbeitet hatten – aber wirklich nur ein wenig, denn jede der Wurzeln war viel früher schon von der Erde und durch den Wechsel der Belaubung bearbeitet worden.

Jede der Wurzeln war höckerig und gewunden, reizvoll sowohl für das Auge als auch für die Hände. Versonnen drehten wir sie in verschiedene Richtungen, ein winzigkleines Stückchen konnte sich in unseren Händen binnen kürzester Zeit achtmal verändern, es konnte zum Delphin werden, zu einem Clown, der auf dem Kopf steht, einem schmerzverzerrten Männerprofil, das sich auf die Handfläche stützt, einem langen Schenkel mit halbem Hintern, einer Taube mit Kropf, einem reißenden, steinigen Flußbett und einem gichtkranken Finger.

Fasziniert sahen wir uns die Gegenstände an und tranken gerne den Tee, den Taube uns anbot, aber wir fragten sie nicht über ihre Arbeit aus, sondern erzählten etwas unsicher von unserem Einwanderinnendasein. Manchmal spürte ich Palomas wortlosen Blick im Nacken, während Taube Isolde gelassen darüber ausfragte, wie und weshalb wir beide hierher gekommen waren. Natürlich ging es dabei um Prinzipien. So sprachen wir zunächst über unsere edle Sehnsucht nach dem Grünen, über unser Vegetarierinnen-

Dasein, den Naturschutz, den biologischen Anbau, über all diese Themen, zu denen jede von uns genug Literatur verschlungen hatte. Isolde vermied lediglich die Beantwortung einer einzigen Frage, die indiskret war und von Taube auch etwas zu früh gestellt wurde:

„Und wovon wollt ihr leben, dort oben auf dem Berg?" bohrte sie mit zweifelndem Gesichtsausdruck und erinnerte dabei an Kassandra, die wußte, daß ihre Bedenken auf taube Ohren stoßen würden.

Die Tage vergingen, wir überraschten einander mit gegenseitigen Besuchen, verabredeten uns niemals und wollten uns dennoch treffen. Unsere Treffen wurden jedesmal von einem Ausbruch der Freude begleitet, die sich steigerte. Offensichtlich konnten sich die beiden Frauen der Anziehungskraft, die durch unsere Ähnlichkeiten entstanden war, ebensowenig entziehen wie wir. Aufgeregt beschnupperten wir unsere neuen Freundinnen und versuchten herauszufinden, was alle über sie wissen wollten: weshalb sie wohl zusammenlebten. Waren sie bloß Kolleginnen, oder Cousinen, wie unser Nachbar naiv gemeint hatte, die zu zweit leichter und billiger lebten, oder hatten sie dieselben Gründe wie wir? Waren sie vielleicht ein heimliches Liebespaar?

Wir hofften sehr, endlich zwei Frauen getroffen zu haben, die man wenigstens würde *verdächtigen* können, aber wir fanden keine Anhaltspunkte dafür.

Taube war zwar etwas plump und robust, aber sie hatte keine Baßstimme und trug keine schwarzen Herrenanzüge mit Krawatte, sie hielt auch keinen Spazierstock in der Hand. In ihren dunkelblauen Augen waren manchmal schelmische Lichtfunken zu sehen, die sie hinter ihrem trockenen Humor zu verstecken versuchte.

Paloma trug ihr weiches, rötlichbraunes Haar hochgesteckt, in ihrem Nacken und an den Schläfen schlängelten sich nur wenige, aber besonders anmutige, glänzende Haarlocken. Sie lächelte, war ruhig und teilte uns ihre scharfen Beobachtungen selten mit, meist erst, wenn die Emotionen sich in ihr überschlugen. Wie an jenem Nachmittag im Wald. Die beiden tauchten unerwartet auf dem Pfad auf, der am Lindenbaum vorbeiführt. Ich sah, wie Isolde strahlte und den Topf mit den selbstgezüchteten schwarzen Bohnen, die wir aus ihren Hülsen gelöst hatten, fallen ließ. Sie rannte auf die beiden zu, ich folgte ihr auf dem Fuße, am Brunnen schließlich fielen wir alle vier einander voller Freude in die Arme.

„Das muß Liebe sein", witzelte ich halblaut und etwas gequält. Paloma wandte ihren Blick von mir ab und sagte mit überraschend tiefer und melodischer Stimme: „Ja."

Wir lungerten ganze Tage bei ihnen herum, meist in der Küche, wo immer Brot oder ein Blech Kekse gebacken wurde, wir fühlten uns in der schwülen Hitze und den Düften wohl, vor allem, wenn wir an unser kühles, dunkles Waldhäuschen dachten.

Der Schilfboden, die roten Vorhänge mit dem Spitzenrand, die vollgestellten Regale und Stellagen an der Wand, die bunten Tontöpfe, Tassen, kleinen Krüge, Gewürzgläser, Milchtöpfe und die schmalen Schnaps- oder Weinflaschen, und in der Mitte der ovale Tisch, an dem Isolde immer näher an Taube heranrückte als ich an Paloma. Abends wurde es meist sehr spät, wir konnten nicht mehr durch den Wald nach Hause gehen. Taube sah Paloma jedesmal fragend an und schlug uns vor, bei ihnen zu übernachten, auf dem sehr breiten, ausziehbaren Sofa, auf dem auch sie schliefen.

Am Anfang verwirrte uns ihre übertriebene Vertraulichkeit. Wir stöberten in den Bücherregalen, bevor wir alle schlafen gingen, und entdeckten in der hinteren Reihe Lektüre, die uns wohlbekannt war, erlaubte und unerlaubte, wir sprachen aber nicht darüber, erst als Isolde und ich wieder allein waren. Es war offensichtlich, daß Taube über diese Dinge nicht reden wollte, und als Isolde zu Taubes Überraschung beim neugierigen Suchen im Regal auf die schöne kahlgeschorene Nonne oder Da Vincis schwermütige Bisexualität zu sprechen kam, spielten Taube und Paloma verdächtig überzeugend die Rolle der Unwissenden: sie taten, als wüßten sie nichts von dem Geheimnis, das uns alle verband. Während sie badeten, ging ich der Sache weiter nach.

Ich griff nach einem Gedichtband von Baudelaire und hielt ihn locker in den Händen, damit er an der Stelle aufklappte, die am häufigsten gelesen wurde. Es war eindeutig das Gedicht *Femmes damnées: Delphine und Hippolyte*, ich habe es mehrmals hintereinander ausprobiert. Isolde sollte einige Tage später, als wir wieder bei ihnen übernachteten, ebenfalls Gewißheit bekommen, und zwar durch Taube selbst.

Sie flüsterten sehr leise, aber die reglos daliegende Paloma mußte deutlich und mit Bestürzung dabei zuhören, wie Taube erzählte, daß sie und Paloma einander schon seit vier Jahren liebten und sich daran bis in alle Ewigkeit nichts ändern würde.

Tage später war der leichte Stimmungswandel bereits deutlicher spürbar geworden, und wir unterhielten uns nunmehr zu viert über Dinge, die wir nach den vorherigen ergebnislosen Versuchen nicht mehr anzuschneiden gewagt hatten: über die berüchtigte Homosexualität, ihre verblüffenden Anfänge. Und die feinen, rötlichen, aus Wurzeln geschnitzten Torsi, die tief in den Schränken versteckt lagen, wurden wieder an ihre Plätze zurückgestellt.

AUF DEM DACH VIERTAUSEND PROPHETEN
TORSO-ZIEGEL
DIE BETRIEBSAME ZEIT
DIE UNDURCHSICHTIGEN SCHATTEN
ZEICHNETEN GROSSE PFORTEN
AUF DEM DACH ZEICHNETE DIE ZEIT
PFORTEN AUF VIERTAUSEND ZIEGELN
DURCH DIE MAN NIEMALS SCHREITEN KANN
DENNOCH HINTERLIESS SIE PFORTEN
AUF VIERTAUSEND ZIEGELN
DENNOCH VERSCHLIESST SIE DIE EISERNEN FLÜGEL
VOR MEINEM BLICK

XXVII.

Es war ein Herbstvormittag, die Sonne schien, über dem Dickicht des Waldes lag bereits sanfter Tau, der später trocknete. Das Grün hatte schon ein wenig an Farbe verloren und wurde vom Laub der Bäume sanft überdeckt, die rötlichbraunen Einschläge und Linien zeichneten sich ab, aber das Laub leuchtete unter dem strahlend blauen Himmel, feine, trockene Düfte breiteten sich unter den großen, warmen Lichtdecken zwischen den Bäumen und über den Lichtungen aus. Es war wie ein Geschenk, denn wir hatten gerade kein Dach über dem Kopf.

Wir saßen auf dem Dachboden unseres Häuschens und beobachteten den samtenen Wald durch die Latten hindurch. Um uns herum standen die abgedeckten Dachziegel in Stößen, wir reinigten jeden einzelnen mit Drahtbürsten, putzten das Moos und den Tang ab, in den Lichtstreifen glänzte der dichte, grüne Staub. Unsere Hände waren grau und rissig, der Staub hatte sich in unseren Haaren festgesetzt, aber wir mußten unsere Arbeit verrichten, und es gab noch jede Menge zu tun. Wir versuchten, vorsichtig zu sein, damit die Ziegel nicht in unserer Hand zerbröckelten, während wir sie säuberten und aufs Dach legten. Ihre Schönheit sahen wir nicht.

Sie waren von matt violetten und rosafarbenen Brauntönen überzogen, an den Stellen, an denen sie aufeinandergelegen hatten, befanden sich dunkle, graugrüne, bogenförmige Linien, und die Messingborsten der Drahtbürste hinterließen rote Spuren, wodurch sie geschmückt wurden, wie eine alte Stadt anläßlich eines großen Festes geschmückt wird.

Wir bürsteten und legten einen Ziegel nach dem anderen wieder an seinen Platz, die flacheren abgebröckelten an trockenere Stellen und die kräftigeren unter die Äste des Nußbaums, wo die am schönsten verzierten Ziegel gelegen hatten. Wir hatten noch nicht mal die Hälfte geschafft, dabei konnte jeder dieser schönen Tage der letzte vor der langen Finsternis sein.

Ständig kamen Leute vorbei, die etwas von uns wollten und uns von der Arbeit abhielten. Wir hingegen hofften, Taube und Paloma würden uns besuchen, denn wir kamen ja nur so langsam voran, weil wir, anstatt unsere Arbeit zu verrichten, dauernd mit ihnen zusammen sein wollten. Keinen Tag hielten wir ohne sie aus.

Die Besucher spürten wohl unsere Enttäuschung und blieben nicht lange, es kamen bloß zuviele. Es schien, als wollten sämtliche Männer der umliegenden Dörfer gerade jetzt ihre sexuelle Anziehungskraft an uns testen. Sie bewegten sich mit ihren Autos, Traktoren und zu Fuß um unseren Hof herum und würden sich früher oder später bestimmt näher heranwagen, um auf unsere Frage, was sie hierhergeführt hatte, zu antworten. Fast alle Besucher nahmen die *Haustiere* als Vorwand.

„Wir würden uns gerne die Würmer anschauen", sagten sie und hörten sich amüsiert unseren Vortrag über die lebendigen Hoffnungen an, die wir auf unsere Würmerzucht gesetzt hatten. Am Rande unserer Wiese züchteten wir nämlich Würmer in einem schwarz glänzenden Haufen Rindermist. Wir ernährten sie täglich mit mehreren Gießkannen Wasser, das wir aus dem Brunnen holten, zwischendurch ruhten wir uns aus und stocherten in dem Beet, um unsere Freunde zu sehen, die die Basis für unsere Zukunft werden sollten, sie tummelten sich, fühlten sich wohl und vermehrten sich schnell, das konnten wir deutlich sehen, denn der Haufen war voll mit winzigen, gelben Wurmeiern.

Wir zerbröckelten den schwarzen Humus behutsam mit unseren Fingern, wir hatten bereits ein wenig davon in die harte, gelbe Erde unseres Gartens eingegraben, in der der Spaten während der trockenen Sommerwochen Funken sprühte, und wir konnten uns nicht vorstellen, wie die zarten Knospen hier zu glänzenden, prallen Tomaten und Kürbissen werden sollten. Wir redeten einander gut zu, unsere Zeit würde kommen, die Tiere würden sicher für unser Überleben sorgen.

An jenem wunderschönen Herbsttag, der uns erwartungsvoll stimmte, träumten wir auf dem Dachboden vor uns hin. Isolde unterbrach immer wieder das Bürsten der Dachziegel und lauschte dem Rascheln des Laubes und dem Gebell der Hunde. Auch ich behielt den Pfad, der zu unserem Hof führte, ständig im Blick, zum einen aus Angst vor Besuchern, zum andern in der Hoffnung, es könnten vielleicht doch Paloma und Taube sein.

Wir verbrachten ganze Tage damit zu warten, abends vertraten wir uns die Beine. Obwohl wir es vorsichtig vermieden, darüber zu sprechen, führten uns diese spontanen und ziellosen Spaziergänge meistens bis vor Palomas und Taubes Haus.

AUF STAMPFENDEN RÖSSERN
REITET DER MOND AUS SEINEM HOF
UND TREIBT DIE FLUGSANDGRENZE VOR SICH HER
NAMENLOSE GIFTIGE PFLANZEN
DRÄNGEN SICH AUF SEINEM WEG
DER WIND RÜHRT IN DEN SCHATTEN DER
SCHATTENSPENDER
UND DIE SCHÜSSE
EIN VERWUNDETES REH LÄSST RÖHREND
DAS GELBSCHWARZE ROSS ZUR SEITE SPRINGEN
IN DER FINSTERNIS ROLLT EINE MASCHINE HÜGELABWÄRTS
UND BLICKT MIT ROTEN LAMPEN NEUGIERIG UM SICH

XXVIII.

Taube und Paloma kamen immer seltener zu uns, dabei erwarteten wir sie mehr denn je, auch an jenem Tag, als zwei unbekannte Männer unseren Hof betraten und es sich vor unserem Haus unter dem Nußbaum bequem machten. Unaufgefordert drängten sie uns ihr Interesse auf und registrierten unsere Ablehnung weder hinter unserer Verstörtheit noch hinter unseren schnellen Antworten. Dabei hätten wir viel lieber – enttäuscht über das Fernbleiben unserer Freundinnen – unsere Ziegel weiter geputzt oder gekocht und ein wenig aufgeräumt. Die Schmutzwäsche quoll bereits über und wartete seit langem darauf, gewaschen zu werden.

Unerfahren wie wir waren, hielten wir Höflichkeit Fremden gegenüber für selbstverständlich, und wir erwarteten von jedem, daß er sie erwiderte und uns nicht lange aufhielt, vor allem dann nicht, wenn wir die viele Arbeit erwähnten, die wir noch zu tun hatten.

Die Strategie war zwar zeitaufwendig, aber sie funktionierte. Diese beiden Jäger, die von weit her gekommen waren, wollten sie allerdings nicht verstehen. Mag sein, daß wir ungeduldiger waren als sonst. Als Isolde mit zwei Kübeln zum Brunnen ging, folgte ihr der jüngere, bärtige Mann, als wollte er ihr helfen, und während sie an dem quietschenden Rad drehte, zögerte er nicht und legte ihr den Arm um die Schulter. Isolde schüttelte ihn ab und erlaubte ihm nun nicht mehr, auch nur einen Kübel über die Treppe hinauf ins Haus zu tragen.

Natürlich werteten sie diese Geste selbst nicht als Zurückweisung und machten mit plumpem Charme allzu süßliche Annäherungsversuche: „Wieso bist du denn böse auf mich, willst du nicht spielen?" Langsam hatten sie es satt und fingen an, uns zu drohen. Sie waren von einem Verwandten aus dem übernächsten Dorf, der uns angeblich gut kannte, mit der Aussicht auf ein leichtes Spiel zu uns geschickt worden. Wir hatten keine Ahnung, welcher von den vielen neugierigen Besuchern wohl dahinterstecken mochte.

„Das gefällt mir gar nicht, Mädchen", sagte der stämmige ältere Mann, in dessen Gesicht ich nicht mal mit größter Anstrengung sympathische Züge hätte entdecken können. Er redete von den stupiden Dorfbewohnern, dem üblen, tratschenden Volk, das sich ja nicht vorstellen kann, daß zwei Mädchen friedlich miteinander leben können, so ganz ohne Fernseher und Männer. Ja, und letzteres würde absolut niemand glauben, da gebe es häßliche Gerüchte!

„Ihr glaubt gar nicht, was sich mein Fahrer in der Kneipe alles anhören mußte", dabei warf er seinem Partner, der nur vor sich hingrinste, einen Blick zu, worauf dieser den Mund verzog und mitleidig auf das wohl am weitesten verbreitete Gerücht anspielte. Er selbst glaube von all dem kein Wort, und am besten wäre es, wenn wir jetzt gleich den Gegenbeweis erbringen würden und zeigen, daß wir nicht hierhergekommen waren, von der Welt hierhin verbannt wurden, weil ruchbar geworden war, was wir zwei miteinander trieben …

Isolde erhob sich unvermittelt von dem Baumstumpf, auf dem sie gehockt hatte, und der bärtige Bursche glaubte in seiner ureigenen Logik, sein Ziel erreicht zu haben.

„Jetzt könnt ihr das Gegenteil beweisen, zeigt uns, daß das alles nicht stimmt", sagte er und meinte wohl, es sei unsere Pflicht, uns auf die einzig mögliche Art von diesem schmutzigen Verdacht zu befreien. Er folgte Isolde, die ins Haus gegangen war.

Ich hatte ein schlechtes Gefühl dabei, denn so sehr mich diese dreiste und begriffsstutzige Kaltschnäuzigkeit mit Zorn erfüllte, hätte ich mich doch lieber bemüht, die beiden höflich wegzuschicken und mit ihrer aggressiven Frustriertheit friedlich umzugehen, schon aufgrund unserer unterschiedlichen Körpergewichtsklassen. Da trat Isolde durch die Eisentür. Sie hielt eine Axt in den Händen.

Ich sah dem verblüfften Bärtigen an, daß er sich jetzt endlich dazu berechtigt fühlte, aktiv zu werden, und ich mußte ihm zuvorkommen. Durch den Schwung stürzten Isolde und ich ins Haus zurück. Noch im Sturz ergriff ich die Türklinke und drehte den Schlüssel in der zufallenden Tür um.

IM FEUER SINGEN LINDENHOLZ UND ZWETSCHKE
LAUT IHR LIED
STÜRMISCH ENTWEICHT DEM LAUB
SO MANCH HITZIG BERAUSCHTER FRÜHJAHRE DUNST
UND ICH TASTE NACH DEM LEISER-KNOPF DES RADIOS
DAS STUMM DIE STILLE SETZT
GANZ KURZ NUR EIN WIE FROST
DANN KRÄCHZT EIN SCHLAFLOSER VOGEL SIE WACH
DER LANGE FLEHT UND BEINAHE SCHON ERSTICKT
WEIL IHN DIE BÄUME ZWISCHEN RIESENGROSSEN KRALLEN
GEFANGEN HALTEN

XXIX.

Eines Nachmittags beschlossen wir, nach Hause zu gehen und uns endlich einmal auszuruhen. Isolde und Taube wollten zwar sonst nicht unbedingt, daß wir die Zeit getrennt verbringen, diesmal waren sie jedoch einverstanden, denn Paloma war seit einiger Zeit ziemlich wortkarg und wirkte betrübt. Der Grund dafür war aber wohl auch der, daß wir uns voneinander verabschieden mußten, denn keine von uns hatte Lust, nur zu zweit zu bleiben, und so begleiteten Taube und sie uns nach Hause in den Wald.

Nun waren sie es, die nicht rechtzeitig vor Einbruch der Dunkelheit aufbrachen – es war zu spät geworden –, wir hörten von draußen aus den schwarzen Bäumen lautes, grimmiges Kreischen, und obwohl wir natürlich wußten, daß es Vogelstimmen waren, zogen wir das äußere Eisengitter unter lautem Gedröhne zu, versperrten es und legten die Axt bereit.

Auf dem Tisch brannten zwei Kerzen, unsere Gäste saßen auf der unbequemen Bank, angespannt, mit ernsten und betretenen Gesichtern. Ihre Haut, die im Halbdunkel die Schattierungen wechselte, war schön, ihre dunklen

Augen und ihr Mund, aber sie sprachen kaum ein Wort und zogen sich verlegen ins Nebenzimmer zurück.

Auf der Zimmerdecke tanzten die Lichter des Ofens nur für uns beide. Aber Isolde verkroch sich in eine Ecke des Bettes und schimpfte zornig vor sich hin. Sie hatte unerträgliche Magenschmerzen, und ihre Medikamente waren im anderen Zimmer.

Sie wollte aber weder anklopfen, um die Phiole zu holen, noch sich leise ins Zimmer schleichen, ich sollte gehen, trug sie mir ungeduldig und nervös auf, aber ich hatte nicht den Mut, die frostige Stille zu durchbrechen, die aus dem Nebenzimmer zu uns herüberkam.

Isolde warf die Decke von sich, sprang auf und tastete sich laut polternd durch den Raum, als wäre sie in einem fremden Haus. Sie suchte nach dem Kübel, dem Schöpfer, legte sich wieder ins Bett, machte sich so klein wie möglich und begann, still in sich hineinzuheulen. Schließlich beruhigte sie sich allmählich so weit, daß ich es wagte, sie zu umarmen.

Isolde drehte sich endlich um und gestattete mir, als Zweitbesetzung für die im Nebenzimmer schlummernde große Künstlerin einzuspringen und die Hauptrolle zu spielen. Einen Augenblick lang gelang es mir, die Wirklichkeit zu verdrängen.

IM FELSIGEN TAL DAS ROT DER MOND BESCHEINT
WAR ICH DIE HÄNGEBRÜCKE
DOCH FANDEN DICHTER NICHT DEN WEG DAHIN
UND SCHWANKTEN NICHT ÜBER MEINE RIPPEN
NUR SCHWERGEWICHTIGE AUSGERUHTE JÄGER
SO LÖSTE ICH MICH ALSO AUF

XXX.

Zunächst wunderte ich mich darüber, daß sich der Hund von mir abwandte, und es tat mir weh. Aber nicht sehr. Anfangs, weil ich mich damals gerade selbst verloren hatte und wußte, daß ich Loncsi, obschon ich ihn genau wie früher versorgte, doch nur noch halbherzig behandelte, später aus Trotz. Loncsi konnte nichts dafür, ich wollte Isolde bloß beweisen, daß der Hund sich nicht zwischen uns gedrängt hatte. Sie reagierte seit längerem ungeduldig und gereizt auf ihn, was mich verwirrte und nervös machte, und auch Loncsi wußte nicht, wie er sich verhalten sollte.

Ich empfand Mitleid mit dem armen, alten Hund. Isolde nicht. Sie behandelte ihn nur so lange liebevoll, bis Loncsi der besonderen Aufmerksamkeit, die von dieser harten Frau ausging, ihrem breiten Lächeln und den ständigen Zuwendungen auf den Leim ging. Loncsi durfte damals noch im Haus schlafen. Morgens, wenn ich zum Kaffeetrinken in Isoldes Bett kroch, erhob er sich von seiner Decke und legte sich uns zu Füßen. Isolde akzeptierte es als etwas Familiäres, Vertrautes.

Loncsis Untreue traf mich nicht schwer, man konnte sie schließlich auch als Treue interpretieren, denn Loncsi hatte eindeutig verstanden, daß ich meine Unabhängigkeit aufgegeben und mich Isoldes Willen unterworfen hatte.

Zu Recht vermutete er, dies sei auch seine Pflicht,

besonders da er jetzt, im hohen Alter, neue Freiheiten genoß. Er war zu einem ungestümen Waldhund geworden, ein bißchen zu spät vielleicht, das jahrelange Leben in der Wohnung, das Alter und die Gicht hatten ihn arg mitgenommen, er zog eine Hinterpfote nach und lag, wenn es warm war, gerne draußen herum. Dabei brauchte er Gesellschaft, er liebte es, Menschen zu unterhalten und konnte damit die jungen Windhunde beeindrucken, die ohne Widerspruch seine Dominanz anerkannten.

Ich weiß nicht, was sich an Isolde verändert hatte, und es dauerte einige Zeit, bis ich die Veränderung an ihr überhaupt wahrnahm, bis ich meinen Augen traute. Aber da war es schon zu spät. Isolde hatte begonnen, Loncsi zu hassen. Noch mehr haßte sie die Pflege, die er brauchte, dabei war es nicht sie, die sein langes, schwarzes Fell täglich bürstete, damit weniger Haare im Haus herumlagen, und sie stand auch nicht nachts auf, um ihn hinauszulassen, damit er sein Geschäft verrichten oder auch nur ein wenig Luft schnappen konnte. Loncsi war auf seine alten Tage ziemlich verschroben, er heulte nachts öfter auf, ich kochte feine Geflügelsuppen für ihn und entfernte die Augen und Schnäbel von den Hühnerköpfen, bevor ich sie ihm gab.

Mit einem Wort: Loncsi bereitete Isolde keine Arbeit. Trotzdem mochte sie ihn nicht leiden und begann, an mir herumzunörgeln. Sie verhielt sich eifersüchtig wie eine Furie, wütete gegen den Hund, dessen Haare selbst in unserem Bett zu finden seien, der im ganzen Haus fürchterlichen Gestank verbreite, der uns nicht schlafen lasse, weil wir die ganze Nacht parat stehen müßten, und der jede Intimität zwischen uns vereitele, weil er das Spiel, aus dem er sich ausgeschlossen fühlte, mit Murren und Knurren untermale.

Ich sah das alles ein. Loncsi und ich waren seinerzeit in der Ürmös Gasse in unserer jeweiligen Einsamkeit aufeinandergetroffen. Emese hatte ihn in der Nähe meiner Wohnung aufgelesen, als sie mich besuchte. Der magere und zutrauliche Hund tat uns leid. Sein Fell war länger als das der anderen Schäferhunde, ungepflegt, dreckig und zottelig, die Schnauze kohlrabenschwarz, wie ein Rauchfangkehrer, seine gelb gesprenkelten Augen glänzten und spiegelten trotz allem Heiterkeit und Hoffnung wider.

Ich nahm ihn vorübergehend bei mir auf, bis sich sein Besitzer melden würde. Loncsi hing vom ersten Moment an beharrlich an mir und forderte zwei Spaziergänge täglich, selbst dann, wenn ich überhaupt keine Lust dazu hatte und lieber zu Hause in der Nähe des Telefons hocken bleiben wollte. Loncsi rüttelte mich auf, schleppte mich mit, die Leute blieben stehen und bewunderten uns. Der Spaziergang endete immer an unserem Stammplatz, Loncsi wartete geduldig, bis ich meine zwei Gläser Bier ausgetrunken hatte, länger nicht. Wir gewöhnten uns aneinander, und er gewöhnte sich später auch an Emese.

Letztendlich hatte er es doch gut getroffen.

Seit einer Weile fühlten wir beide – Loncsi und ich – uns dennoch unbehaglich, undankbar und treulos. Wir machten uns lächerlich mit unseren Versuchen, Isolde, die uns wüst bedrohte, alles recht zu machen, nur um den Tierarzt und die Euthanasie zu umgehen.

Loncsi versuchte es immer wieder mit seinen altbewährten Tricks, er schmiegte sich an Isoldes Beine, begleitete sie beschützend überallhin, legte seine lange Schnauze auf ihre Knie, seufzte tief und spielte für ein, zwei kleine Leckerbissen den Clown. Mit wenig Erfolg. Die schönen Tage, als er noch Isoldes gute Laune zu wecken vermochte, kehrten nie mehr zurück.

Mein Trösten reichte Loncsi nicht aus, er war zwar dankbar, aber unglücklich. Er und ich wußten, daß ich mich nicht heiter und unbeschwert um ihn kümmern durfte, obwohl ich ihn genauso oft bürstete wie früher, noch mehr mit ihm spazierenging und seine Suppe fein wie immer zubereitete. Ich mußte ständig auf der Hut sein. Seine Bemühungen, klüger, nachgiebiger und wohlerzogener zu sein als die jungen Windhunde, die wir von Michi geschenkt bekommen hatten, lösten in Isolde erst recht Mißbilligung aus.

Loncsi fiel dieser Zwiespältigkeit zum Opfer, darüber bin ich mir sicher. Er war derjenige von uns, der sich am wenigsten schützen konnte.

Eines Morgens, nach dem bereits zur Gewohnheit gewordenen Streit um den Hund, der draußen bleiben sollte, der aber an der Tür kratzte und heulte, knallte ich die Teetassen lautstark auf den Tisch. Isolde schlug die Tür hinter sich zu und machte sich mit den Windhunden auf den Weg ins Dorf. Als sie bei der Linde angekommen war, rief sie mir zu: „Dein Hund bleibt hier!" Zornig und verletzt blieben Loncsi und ich zurück, der trotz allem hinter Isolde herlaufen wollte, der lieber bei den anderen sein wollte. Ich aber sperrte ihn ein, bis ich meine Arbeit erledigt hatte, das Aufkehren, Wasser holen, danach wollte ich mich gemeinsam mit ihm auf den Weg machen.

Als ich mit zwei Kübeln in der Hand ins Haus kam, gelang es mir nicht, die Tür hinter mir wieder zu schließen. Loncsi drückte sich an einem der Kübel und dem Türstock vorbei, das kühle Brunnenwasser schwappte auf meine Füße, und da hetzte er schon hinter Isolde her. Ich konnte schreien, soviel ich wollte, er mußte einfach hinter ihnen herrennen.

Später glaubte ich nicht, Schüsse gehört zu haben, denn unser Nachbar hatte die Angewohnheit, vor dem Preßhaus, das nur dreihundert Meter von uns entfernt lag, immer wieder mal seine Peitsche knallen zu lassen, wobei er sich vermutlich ungeheuer männlich vorkam. Das Echo des Knallens konnte man bis zu uns hören. Diesmal jedoch war er es nicht gewesen, sondern es hatte sich um Schüsse von Jägern gehandelt, die weder ich noch die Leute aus dem Dorf gesehen hatten.

Ich sah Loncsi noch einmal. Er hatte es nicht mehr bis zum Dorf geschafft, sondern lag auf dem grasbewachsenen mittleren Streifen des von Reifenspuren gesäumten Feldweges. Er war im Laufen gestürzt und atmete kaum noch. Er fletschte mit den Zähnen, blutete aus den Wunden der Schroteinschüsse und rang mit dem Tod.

UM MEINE ANGST KREIST NACHTS DIE VOGELSCHAR
ZERZAUSTE FLÜGEL TRÄGT DER SCHWERGEFUNDNE
SCHLAF
FLAMINGOS ZAUBERTEN DICH
HINTER DEN RÜCKEN DER MORGENRÖTE
UND DER WIND DER DICH DES TAGES KAUM BERÜHRT
BLIES DICH DAVON VON MIR
UND DU HÖRTEST MICH NICHT
SAHST MICH NICHT MEHR
IN DEINEM WUNDERSCHÖNEN UMHANG UND DEN
GEKNÖPFTEN SCHUHEN
MEINE WIEDERERBLÜHTE

XXXI.

„Poetische“ Tage kannte ich gar nicht, außer einmal einen vielleicht, im Herbst: ein friedlicher Nachmittag auf dem breiten Rücken des Weinhügels, die alte Nußbaumreihe, von wo die emsigen Eichkätzchen die wenigen Nüsse längst verschleppt hatten.

Entspannt schüttelte ich das schöne, dürre Laub und war erstaunt darüber, wie behaglich es unter den Bäumen war. Ich atmete tief ein und dachte nicht an unsere vergiftete Pfefferkuchenhaus-Stimmung. Dabei war Isolde eher verzweifelt als zufrieden. Es zog sie ins Dorf, aber sie hatte keine überzeugenden Argumente mehr dafür, daß sie dorthin gehen müsse, und schon gar nicht dafür, daß ich sie begleiten sollte.

An diesem Nachmittag tat mir Isoldes Verirrung nicht weh, obwohl ich sah, wie die simple Tatsache, daß die verführerische und unbeugsame Taube sie in ihren Bann gezogen hatte, Isolde beschäftigte. Auch an diesem Nachmittag würde sie zu ihr gehen müssen, weil sie sich von ihr dermaßen angezogen fühlte, daß sie selbst mit verbundenen

Augen und mehrfach um die eigene Achse gedreht den richtigen Weg finden würde. Auch der Wald mit seinen vergoldeten, tiefen Erosionsschluchten und Nußbäumen wies in Taubes Richtung. Ein Teil unserer Sachen war dort geblieben, und sie brauchte unbedingt etwas davon. Oder es war für den Nachmittag ein Treffen ausgemacht worden, und wir sollten wenigstens vorbeigehen und sagen, daß wir nicht kommen. Im übrigen hatte sie ihnen auch noch etwas Wichtiges mitzuteilen, das sie gestern irgendwie vergessen hatte, das aber dringend war.

Dennoch gab es diesen einzigen Nachmittag, an dem ich die lauwarme, blaue Luft über dem bronzefarbenen glänzenden Laub spüren konnte; der bläuliche Dunst über den hügeligen, grasbewachsenen Feldwegen flößte mir Vertrauen ein, das stärker war als der Kummer, den Isoldes Liebesirrweg mir bereitete und der die Jahre, die wir zusammengelebt hatten, leise in Frage stellte. Diese Kulisse, die klare Lichtung mit dem Häuschen mitten in einem dunklen, tiefen Wald: der Zauber all dessen hatte von uns Besitz ergriffen und uns an Taubes Dorf gekettet, ein Zauber, den wir brechen mußten, der uns aber immer rasanter in seinen Bann zog.

Isolde war eine volle Schüssel aus der Hand gefallen, als wir wieder einmal alle vier in dem breiten, ausziehbaren Bett aufgewacht waren und sofort angefangen hatten, geschäftig herumzuräumen, damit das peinliche Zusammensein schnell und friedlich ausklingen und jede von uns ihrer Wege gehen könnte. Das Frühstück zog sich dennoch in die Länge, es dauerte ewig, bis der Toast fertig war, und wir brauchten noch eine zweite Tasse Kaffee, damit der Tag so richtig beginnen konnte. Taube stand mit dem Rücken zum ovalen Eßtisch und drehte mit einem Küchentuch das Oberteil der grifflosen, heißen Espresso-

Maschine herunter, als Isolde zu Paloma sagte: „Diese kleine Hexe hat mich verzaubert.“ Ich traute meinen Ohren nicht, und Taube war zu sehr mit dem Kaffeekochen beschäftigt, um etwas mitzubekommen. Paloma hätte etwas antworten sollen, tat es aber nicht, sondern schaute die rosig lächelnde Isolde irritiert an und teilte Taube dann nach einer langen Schweigepause mit, daß sie nun doch keinen Kaffee mehr wollte. Ich aber hatte genau verstanden, daß hier eine Liebeserklärung abgegeben worden war, wenngleich der Satz genausogut einen Scheidungsprozeß hätte einleiten können.

In aller Eile begann ich, meinen großen, blauen Rucksack zu packen, unsere Pyjamas, Zahnbürsten, ein paar Bücher und Töpfe. Ich forderte Isolde auf, sich zu beeilen, und sie setzte sich schwerfällig in Bewegung, während der Kaffee in dieser frostigen Atmosphäre, in der es jede von uns vermied, die anderen anzuschauen, zu blubbern begann. Wir konnten nicht mehr darauf warten.

DIE BLÄTTER SCHREITEN GLEICHFÖRMIG DAHIN
ICH PASSE IHNEN MEINE SCHRITTE AN
UND MEIN ERSCHRECKEN
WENN ICH SIE HELLWACH ZIEHEN HÖRE
DIESES HEER DER LANGSAM-LANGSAM SCHRITTE
SO LANGSAM WIE KEIN LEBENDER JE GEHT
NUR DAS RASCHELND KURZE
NUSSBAUMBLÄTTERLEBEN
VOM HIMMEL HERUNTER
ZU WINDSTILLER NACHT

XXXII.

Auf einmal war ich allein im Wald, denn Isolde hatte genug von der Erde, den Bäumen, dem Bottich, von Taube und vor allen Dingen von mir. Je dunkler der Herbst wurde, desto unausstehlicher wurde ich. Man konnte mir nicht einmal mehr die kleinsten Arbeiten rund ums Haus anvertrauen. Mußte Holz gehackt oder Wasser geholt werden, stand ich mit der Axt in der Hand und offenem Mund gut und gerne eine halbe Stunde lang nur so da, vergaß, was ich eigentlich tun wollte, vergaß, die Kübel hochzuziehen und das Wasser auszuleeren. Statt dessen beobachtete ich wie angewurzelt die sich entblätternde Krone des Nußbaumes.

Isolde war verletzt und unglücklich, und ich war nicht diejenige, die ihr hätte helfen können. Ich sah es ein, aber es fiel mir nicht leicht, damit aufzuhören, sie zu umsorgen und zu trösten, mir kleine Überraschungen auszudenken, die ihr Ziel immer verfehlten. Selbst den unschuldigsten Liebesbeweis wertete sie als bösen Angriff.

Ich entdeckte eine außergewöhnliche Pflanze, ein herzförmiges, grünes Blatt, in dessen Mitte ein kleiner, roter Punkt war, klebte es auf ein Stück Papier, weil es so schön war, und legte das Papier in unseren Postkasten, ein kleines

Loch im Stamm der Linde, die am Eingang zu unserer Wiese stand. Natürlich kam der Briefträger sonst nie hierher, nur ausgerechnet dieses eine Mal. Isolde fand das Blatt und hielt Taube für die Absenderin der vielsagenden Nachricht. Sie sagte mir nichts davon, sondern teilte nur mit, sie müsse ins Dorf hinunter, um Kerzen zu kaufen. Als sie zurückkam, stand ich noch immer am Brunnen und dachte darüber nach, ob der Postkasten vielleicht schon seit einiger Zeit als Postkasten gedient haben könnte, und ich hatte bloß nichts davon gewußt. Sonst hätte ich den Blätter-Brief für Isolde nicht hineingelegt.

Das Feuer im Haus war schon vor einiger Zeit ausgegangen, die Griessuppe für die Hunde vorher noch rechtzeitig angebrannt, und Isolde stand mit schlaffen Schultern und hängenden Armen in der Tür.

Sie begann zu packen.

„Ich gehe", sagte sie und warf sich den Sack hastig über die Schulter. Ihr Blick scheuerte mein Gesicht auf. Sie kehrte mir den Rücken zu und bahnte sich erhobenen Hauptes einen geraden Weg zwischen den Bäumen her, schnitt die lieblichen Kurven des dicht bewachsenen Pfades einfach ab.

Ich stand da und verspürte keinen Schmerz, ich hatte nicht mal Angst vor der ersten Nacht, die ich allein würde verbringen müssen, ich konnte nur nicht schlafen, weil mich das Rauschen störte: der Wind zwischen den Bäumen, der während der Nacht stärker wurde, die Äste des Nußbaumes knacken ließ und manchmal an Motorgeräusch erinnerte. Vom Fenster aus beobachtete ich die langen, tastenden Lichtstreifen von sich vielleicht nähernden Scheinwerfern.

Es näherte sich nichts, und ich wurde müde. Erst am späten Vormittag weckte mich lautes Hundegebell auf, natürlich öffnete ich nicht die Tür, sondern beobachtete vom Fenster aus, wer sich hier herumtreiben könnte.

Das Wetter war kühl, bewölkt und windstill. Das frische Laub leuchtete. Bis auf die beiden Hunde bewegte sich nichts, selbst das graue Eichkätzchen nicht, das am untersten Ast des Nußbaumes wohnte und die Hunde mit seinen schwarz funkelnden Perlenaugen ärgerte. Ich hatte vergessen, die Windhunde abends aus dem Zwinger zu lassen und sie zu füttern.

Als ich hinausging, um sie endlich freizulassen, bellten sie wild los und rannten wie der Blitz über den Pfad davon. Ich kehrte um und ging schnell zurück ins Haus, denn ich wollte niemanden sehen und mit niemandem sprechen. Ich spürte, wie steif mein Gesicht war und daß es zerbrechen würde, wenn ich meinen Mund bewegen müßte.

AUF MEINEM WEG NACH HAUSE ERWARTET MICH
AM HÜGEL HOCH EIN VOGEL UND ER SCHLÄGT ALARM
KOMM ICH IHM NAH WIRD ER ZUM ZWEIG
HÄLT KRALLEND SICH IN MEINEN HAAREN FEST
UNTER DEN TANNEN DUCKT SICH EIN RÖTLICHES TIER
TRET ICH IHM NAH WIRD ES ZUM BUSCH
STACHELIG WILD UND DUNKEL
UM MICH WIRDS LAUT DER WALD BEGINNT ZU RASEN
ICH DREH MICH MIT IHM GANZ TIEF HINEIN
DA HEULT DIE STILLE AUF
IN MEINEM KOPF DA SCHELLT'S UND LÄUTET'S
SOBALD ICH IHN BEWEG
MEINE SEELE KICHERT HELL
UM SPÄTER WIEDER ZU VERSTUMMEN

XXXIII.

Es zerbrach nicht. Im Gegenteil, es gelang mir sogar, freundschaftliche, gute Laune vorzutäuschen, als Taube und Paloma mich besuchten. Eine dünne Maske, die ich mir aufgezwungen hatte, verdeckte meine ständige Bereitschaft loszuheulen. Für einen Moment lang vergaß ich, was geschehen war, doch die beiden hörten nicht auf, mich auszuquetschen, als wüßten sie von nichts, als könnten sie die Ereignisse nicht nachvollziehen: warum war Isolde gegangen und ich geblieben.

Sie waren ratlos, wollten helfen, zogen ihre Augenbrauen aber vor Verwunderung hoch, denn in ihrem Leben würde es niemals Überspanntheiten dieser Art geben. Nicht einmal ansatzweise kam die Rede darauf, daß diese Geschichte uns alle betraf, und sie mit ihrer Stille-Wasser-Mentalität aktiv beteiligt gewesen waren. Selbst das war mir mittlerweile egal.

Es wäre ohnehin um nichts leichter geworden, wenn

Taube zugegeben hätte, daß sie auf dem breiten Bett, auf dem sie und Isolde immer nebeneinander in der Mitte geschlafen hatten, höchst vertraulich miteinander geflüstert hatten. Sie waren uns in diesen Nächten, als wir tief und ahnungslos an den Außenseiten schliefen, untreu geworden, nicht indem sie einander streichelten, sondern indem sie zuließen, daß sich zwischen ihnen etwas entwickelte, etwas, das sie später vergraben mußten wie einen Welpen, obwohl beide in diesem Neubeginn einen früheren wiedererkannt haben mußten, der noch nicht abgeschlossen war.

All das ging mich nichts an, es tat auch nicht weh, trotzdem ging ich mit den beiden hinunter ins Dorf, um bei ihnen auf Isolde zu warten. Ich wehrte mich ein- bis zweimal sanft, denn ich wäre lieber allein geblieben. In ihrem Haus fühlte ich mich noch weniger sicher als im Wald.

Ich empfand ihre Wohnung plötzlich als unrein, und das war sie sicher auch. Früher war mir nicht so recht aufgefallen, daß wir mit einer Unzahl Spinnen, Heuschrecken, Mücken, Faltern, Asseln und Milben zusammenlebten, die allesamt Eindringlinge waren. Sie schleppten Infektionen in das Lehmhaus im Dorf ein, das, im Gegensatz zum Wald, nicht ihrem natürlichen Lebensraum entsprach.

Ich hatte andauernd einen Geruch in der Nase, nach angepißtem Laub, einen feinen, säuerlichen Modergeruch, konnte aber nicht herausfinden, woher er kam, und es gab nur eine einzige Rettung vor ständigen Infektionen: sich mehrmals täglich, besser noch ununterbrochen zu duschen oder zu baden. Das konnte ich nicht tun, denn Taube und Paloma beobachteten mißbilligend, wie ich den Telefonhörer, bevor ich mich im Bad einschloß, unter einer Flut von Entschuldigungen neben den Apparat legte und die Türglocke ausschaltete. Ich hatte nämlich das Gefühl, jemand beobachtete mich, um herauszufinden, wann der

Augenblick kommen und ich die Insekteninvasion nicht mehr aushalten würde. Sobald ich den Wasserhahn aufdrehte, hörte ich die Türglocke oder das Telefon und schreckte auf. Doch jedesmal wenn ich tropfend und zitternd oder im Bademantel hinauslief, hörte das Telefon auf zu läuten, und es stand auch niemals jemand vor der Tür. Außer mir vernahm keine im Haus diese Geräusche. Ich verstand nicht, warum, es schien, als seien Taube und Paloma auf diesem Ohr taub, was mich wunderte, denn es reichte, daß die Hunde im Hof ein wenig winselten, schon gingen sie nachsehen, was los war. Sie schlugen mir vor – und das war ganz typisch für sie –, meine Ohren untersuchen zu lassen, meine – nicht ihre.

Letzen Endes wunderte ich mich nicht einmal darüber, daß unser Ausflug eine Hinterlist war und in der Psychiatrie bei Ursula Hostell geendet hatte. Es war mir gleichgültig, so wie mir eine Zeitlang alles gleichgültig war.

EILIG SPAZIERE ICH HÜGELAUFWÄRTS
KEIN KÜHLER SONNENSTRAHL DER MICH BESCHWINGT
DER HINTERGRUND NUR EKLIGE DÜSTERKEIT
UND VOR MIR NICHTS ALS BLASSE KLÄNGE
DER KÄRNERVOGEL SINGT SEIN LIED
AUS SEINER SCHRILLEN KEHLE HÖRT MAN
DAS QUIETSCHENDE RAD
DES VOLLGELADENEN LEITERWAGENS
DER ZÖGERND SICH BEWEGT
UND WIE ER ROLLT BEUGST DU DICH ZU MIR
LEGST GEBIETERISCH DIE FINGER AUF DIE LIPPEN
BIS ER DORT OBEN AUSKLINGEND WEITERROLLT

XXXIV.

Ich hätte entrüstet sein, mich und meine Selbständigkeit Taube und Paloma gegenüber verteidigen müssen. Ich hielt ihr Vorgehen für unberechtigt und keinesfalls wohlwollend, es kam mir wie fadenscheinige Fürsorglichkeit vor, durch die sie mich endlich loswerden konnten. Ich war nicht entrüstet, denn es gab keine bessere Lösung – aber das wurde mir erst viel später klar.

Als ich einwilligte, bei Ursula Hostell in dem Pavillon im Park zu bleiben, war ich davon überzeugt, daß es nicht den geringsten Grund dafür gab. Mit ein wenig Geduld wäre ich draußen im Wald auch allein zurechtgekommen. Andererseits tat mir die Aufmerksamkeit gut, die mir hier gewidmet wurde, die Anerkennung meiner Leiden, von denen ich zwar nicht viel gemerkt hatte, nur daß die Dinge, die sich draußen abgespielt hatten, näher gerückt und bedrohlicher geworden waren, daß ich mich noch tiefer in mich selbst zurückziehen mußte, um einen geschützten Raum zu finden.

Meist fand ich zwar einen Raum, aber der war leer und irgendwie trostlos, weil ich alle und alles ausschloß und mit niemandem meine Einsamkeit hätte teilen wollen – außer mit Isolde. Und ich wußte nur zu genau, daß das so nicht stimmte, denn richtige Gespräche hatten wir seit langem nur noch in meiner Phantasie miteinander geführt. Isolde, die sich real von mir distanziert hatte, war mir nah in meiner Phantasie, sprach endlich mit mir und sah mich mit anderen Augen als ich mich selbst.

Durch sie wußte ich, wie mein Gesicht aussah, welchen Eindruck meine Oberlippe hinterließ, die ihrer Meinung nach alle meine Charakterschwächen offenlegte. Sie hatte mich damit sehr gekränkt und beleidigt, konnte mich später jedoch beruhigen, indem sie es mir mit vernünftig klingenden Argumenten erklärte.

Sie sagte, ich sollte in den Spiegel blicken, jetzt sofort, und ich mußte zugeben, daß in meinem Gesicht Gereiztheit und Rachsucht zu lesen standen. Mein Oberlippe war um eine Spur schmaler geworden, zuckte arrogant und verriet meine bösen Gedanken. Meine gekränkte Eitelkeit schrie nach Vergeltung.

„Wenn du so böse dreinschaust, zeigst du nur allzu deutlich, daß du dich betroffen fühlst“, machte mich Isolde aufmerksam. Ich mußte einfach lächeln und merkte sofort, wie schadenfroh Isolde auf diese spontane Gesichtsregung reagierte, die für einen Augenblick meine obere Zahnreihe aufblitzen und mich meine inneren Hürden sichtbar angestrengt und verschämt überwinden ließ.

„Diese Art Lächeln ist eine zu offene und unvorsichtige Geste von dir, ist mehr, als du geben möchtest“, erklärte mir meine verborgene, innere Isolde zufrieden. Das gab mir zu denken.

Ich wollte auf keinen Fall wieder wie ein offenes Buch dastehen und übte vor dem Badezimmerspiegel einen leeren Gesichtsausdruck. Er sollte nicht nur geheimnisvoll wirken, sondern dumpf: Auch die einfachsten Gefühlsregungen sollten nur nach längerer Zeit vage sichtbar werden.

Jedesmal wenn ich die Toilette benutzte, wusch ich meine Hände mit einem skeptischen Lächeln im Gesicht und versuchte, meine Gedanken hinter gesenkten Wimpern oder verschämtem Staunen zu verstecken.

„Bist du übergeschnappt?“ hörte ich Isoldes Stimme nicht nur einmal während meiner Übungen. Dieses ständige Einmischen war mir neu. Zuerst erschreckte es mich und war mir peinlich, aber langsam gewöhnte ich mich an die in mir lebende Isolde, die immer wußte, was in mir vorging, die mich häufig taktlos zur Rede stellte.

Ich beruhigte mich ein wenig, als ich feststellte, daß mir vieles anzusehen war, aber längst nicht alles.

Natürlich merkte Isolde, daß ich unter dem Nußbaum eine Viertelstunde lang wie festgewachsen auf den Rechen gestützt dastand und vor mich hinstarrte, daß meine Stimmbänder nicht vibrierten, obwohl mein Mund Worte formte und das, was ich sagen wollte, durch meine sorgsam verlangsamte Mimik ausgedrückt wurde. Aber sie konnte nicht wissen, mit wem ich mich unterhielt, auch nicht, worüber ich diskutierte, sie konnte höchstens aufgrund meiner Stimmung auf das Thema schließen, durch ein trauriges Schulterzucken oder ein mutloses Nicken.

Ob ich selbst es war, die sprach, konnte sie allerdings überhaupt nicht wissen.

ICH LEBE IM GEWÖLBTEN SAAL DER FESTUNG
SEIN FENSTER
IST EIN ELLENGROSSER GRAUVERLIEBTER RAHMEN
FÜR DIESEN BLAUEN KEIL
UND MEINEN AUGEN EIN GESICHT
DU BIST BEI MIR
MEINE VERTRIEBENE UND VERSCHLOSSENE ZEIT
BRINGE ICH DIR
DIE ÜBER DEINER HAARE ANSATZ SCHWEBT
SCHWARZWEISSE STEINE MESSEN MEINE SCHRITTE
UND DEINE FERNE BRINGT DEN HERBST
DA KOMMEN SCHON DIE KÜHLEN MORGENGRAUEN
DIE RUNDE DÄMMERUNG UND VOGELSCHAR
ES WÄRE SCHÖN HINAUSZUSCHLÜPFEN
IN DIE ERWÄRMTE LUFT
ENTFLAMMT UND AUSGELÖST
MIT JEDEM FLÜGELSCHLAG
AUFS NEUE IN FESTEM VERBAND

XXXV.

In jener Zeit, die ich zwischen den Therapiegesprächen mit Ursula Hostell auf dem Bett liegend verbrachte und auf den welken Park hinausstarrte, sprach Isolde kaum zu mir. Dabei ging es in jedem einzelnen Monolog, den ich Hostell oder mir aufsagte, um sie. Selbst das herumliegende Gedichtbändchen wollte mir mit aller Gewalt Isolde erklären, ich mußte es manchmal aus der Hand legen, dennoch setzte sich die Auseinandersetzung mit Isolde ungehindert fort, durch die matte Stimme der anonymen Dichterin.

Die Gedichte verrieten mir immer mehr, sie beleuchteten meine Gegenwart und jüngste Vergangenheit. Ein Gedicht zum Beispiel verwirrte mich und weckte tief verborgene Gefühle in mir in bezug auf Isolde, die davon nichts wissen konnte: ich dachte, ich wäre bloß ein

Gewicht, ein Übergewicht, ein nicht zu bewegender Klotz, Burggefängnis einer nördlichen Bastei.

Ich sprach mit Hostell darüber, aber es fiel mir schwer, mich mit ihrer Erklärung zufriedenzugeben: alles, womit ich konfrontiert würde, hätte mit mir zu tun, und ich könnte nichts mit dem Verstand einer anderen Person erfassen. Obschon sie damit sehr recht hatte.

Ich warf Hostell, die unter ihren dunklen Haarsträhnchen leicht rot geworden war – vielleicht hatte sie insgeheim eingesehen, daß ihre Erklärungen nichtssagend waren –, einen Blick zu, sah sie an, wie ich Isolde seinerzeit angesehen hatte.

Da ich sie ansah, als würde ich Isolde ansehen, mochte ich vielleicht auch dieselben Gefühle ihr gegenüber verspüren, wie ich sie seinerzeit Isolde gegenüber verspürt hatte: Sanfte Trauer, gleichzeitig hingerissenes Wohlgefallen, während ich mich zusehends in den Phantasiewald einer keineswegs hoffnungslosen, sondern heftig erwiderten Liebe zurückzog. Dabei mußte ich mir eingestehen, daß ich als Gegenwert für meine Liebe nichts anderes als Glasperlen bekommen hatte. Natürlich behauptete Isolde – wie auch Hostell – die Perlen seien echt, darüber gab es keine Diskussion.

Ich musterte sie verträumt, forsch und offen, denn ihre Haare waren so schön, lang, eine Fülle von Goldtönen, ihre Augen waren dunkel, grau-blau, und wenn das Sonnenlicht hereinfiel, ich mich vorbeugte und in sie hineinschaute, verwandelten sie sich in ein strahlendes Dunkelgrün. Ich beobachtete mit Genuß ihre Mimik, ihre Nase und ihr Kiefer überwältigten mich, ihre Augenbrauen und ihr Jochbein, die Harmonie zwischen ihrer Stirn und ihrem Kinn.

Isolde reagierte darauf ein wenig wütend, sie wäre froh, wenn ich nicht alles glaubte, wenn meine Schwärmereien nicht spontan wären wie der Flug des Vogels oben am

Himmel, wenn ich mir nachts manchmal darüber Gedanken machen würde, wie geduldig sie mit ihren Enttäuschungen umzugehen vermochte.

Aus diesem Gedicht las ich wieder Zweifel an unserer Bindung heraus, der auch in meine Blicke, die an Ursula Hostell haften blieben, eingezogen war, und es bedrückte mich, daß ich in meiner mageren, ritterlich brennenden Bewunderung so einsam war.

ORDNUNG SCHUF ICH DRINNEN UND DRAUSSEN
BRENNHOLZ AN DER HAUSWAND REGENRINNENHOCH
DER RAUCH DES ABGEFALLENEN LAUBES
VERBITTERT DURCH GERUCH UND GOLD
DER DÄMMERUNG WELT
WENN JE NACH WESEN
ERSTARRT WAS WAR UND IST
UND DIE KURZE TRAGÖDIE DES FLEISCHES
WIE SAND VERFLIEGT
UND LANGSAM WINDEND UNTER DIE VERFÜHRERISCHE
DÄMMERUNG TAUCHT
ERÖFFNET SEINE BLÜTEN DER HEUTIGE TAG

XXXVI.

Mit einem solchen Gedicht könnte ich Ursula Hostell insgeheim den Hof machen, dachte ich, und ich empfand es als tröstlichen Umstand, daß das Heft bei ihr gelandet war und nicht etwa bei Dr. Zakó. Es war viel aufregender und genußvoller gewesen, mich einer derartig attraktiven Frau zu öffnen, und ich wunderte mich darüber, wie schnell sich in meine tiefe Gleichgültigkeit die Aufregung über eine neue Verbindung eingeschlichen hatte, die mich hinausführte aus jenem Wald, in dem Isolde und ich uns verirrt hatten.

Allerdings war der wahre Preis für diesen Ausweg wieder einmal eine vergebliche Zuneigung, die Hostell bei mir aufgrund beruflicher Pflichterfüllung erweckt hatte, und deren Erwiderung ich wieder nicht genießen durfte, weil die Regeln, an die sich Hostell hielt, dies unmöglich zuließen.

Sie sprach nie über sich selbst, dabei unterhielten wir uns täglich eine Stunde miteinander in ihrem Zimmer. Ich hatte nicht öfter als zweimal ein paar knappe, zusammenhängende Sätze von ihr gehört, denn Hostell fragte, und wenn ich fragte, stellte sie eine Gegenfrage, aber sie antwortete nicht, obwohl meine Stärke auch im Zuhören liegt.

Ich würde ihren Sorgen, die unmöglich denen anderer Frauen ähnlich sein konnten, aufmerksam lauschen: wenn sich ein bedrohlicher Großputz näherte, wenn sie ihre Menstruation bekäme, wenn sie keine Lust hätte zu arbeiten, wenn sie schlechte Laune hätte. Ich könnte ihr gleichsam feenhaft den Hof machen, vertraulich und entspannend wären meine Bemühungen um die müde Ursula. Und sobald sie sich ausgeruht hätte, würde meine niemals fordernde Selbsthingabe inspirierend auf sie wirken, sie würde mich näher und näher an sich herankommen lassen, und dies dann nicht mehr ganz unschuldig.

Statt dessen rede ich täglich eine Stunde auf sie ein, beklage mich, weil ich mich zu Tode langweile und – wie sich herausgestellt hat – unter schweren Beklemmungszuständen leide. Sie selbst fragt mich, um sich nicht zu langweilen, detailliert über mein Leben aus, vor allem in bezug auf Isolde, und ich habe den Verdacht, daß ich ihre erste lesbische Patientin bin und ihr eine willkommene Gelegenheit biete, etwas über dieses Thema zu erfahren.

Hostell ist eine sehr feminine Frau, ihre Kleidung, ihr Gang, ihre Stimme, alles ist vollkommen weiblich, noch dazu eine Frau, die nachdenkt und offensichtlich entschlußfreudig und beharrlich sein kann.

Sie zupft ihre Augenbrauen und schminkt sich die Lippen, als würde sie keine Widerrede dulden, manchmal verschmiert sich ihr Lippenstift leicht, und dennoch ist da etwas Ungewöhnliches an ihrem Kopf, unter ihrem kurzen plüschigen Haar, das bereits acht Millimeter lang ist und sich zu kräuseln beginnt, wie das Fell der Karakullämmer, ihre Stirn ist männlich-breit, und ihr etwas frivoler Mund läßt sie energisch und zielstrebig und auch ein wenig oberflächlich wirken.

Bestimmt hat Hostell mit den Männern ein leichtes Spiel und braucht die Solidarität einer tröstenden Frau gar nicht. Aber sie muß sich wohl fragen, ob die bei Männern bewährten Tricks auch in meinem Fall gut anwendbar sind, während sie bei verlassenen, lebensmüden Teenagern oder vom Leben erschöpften Müttern wohl nahezu wirkungslos bleiben dürften.

Wenn Hostell sich mir gegenüber hinsetzt, legt sie ihre schlanken Beine übereinander und zieht manierlich an ihrem kurzen Rock. Sie weiß genau, daß sie mich verwirrt, und ich wende meinen Blick rasch von ihren schönen Beinen ab, ich weiß selbst nicht, weshalb. Ich könnte sie ruhig beobachten und auch Bemerkungen fallen lassen, wie das unter Frauen üblich ist, bloß bin ich nicht fähig dazu.

Ich muß mich von Hostell abwenden, nicht nur von ihren Beinen, sondern von der ganzen Frau, weil zwischen uns keine Mauer mit einem geheimen Guckloch ist, und auch keine Vertrautheit. Wie sollte ich mich durch meinen Blick verraten. Sie weiß ja, daß ich lesbisch bin, und auch, daß sie mich gefühlsmäßig an sich binden muß, mich verrückt nach ihr werden lassen muß, um mich heilen zu können. Sie verpaßt mir ihre berückende Weiblichkeit in berauschend hohen Dosen, als könnte sie sich nicht vorstellen, auch auf eine Frau zu wirken. Ich bin überaus vorsichtig, ich will nicht, daß sie hinter meinen verhangenen Blicken mein Begehren erkennt. Wenn es ihre Aufgabe ist, mich zu betören, wird sie nicht aufhören, es zu versuchen, bloß weil ich mich ein wenig widersetze.

Mit Hostell zu reden, bedeutet eine Stunde harte Arbeit. Danach könnte ich locker bis zum nächsten Tag von ihr träumen. Aber die Dinge laufen anders. Nach unseren Gesprächen bin ich unfähig abzuschalten, ich denke noch mal über die Sitzung nach, über meine Sätze, ihren Gesichtsausdruck, ihre Fragen, und ich sinniere darüber nach, was sie wohl denken mag, wie sehr sie meine Story wohl in Wahrheit beschäftigt, während sie mir nach außen hin zu verstehen gibt, daß sie ihr ganz besonders am Herzen liegt. Ungeduldig bereite ich mich auf den nächsten Tag vor, an dem sie sich wieder eine Stunde lang ausnehmend für mich interessieren wird und ich folgsam etwas von mir zum besten gebe.

Ich gelange dennoch nicht zu dem Ergebnis, daß Ursula von all dem unberührt bleibt und immer ausschließlich nur ich selbst betroffen bin. Daß ich sie bedauerlicherweise belüge, ändert daran gar nichts. Ich lüge ja über meine eigene Materie, ich lüge *mich*, ordne mich neu, setze Schwerpunkte, während ich ihr so ehrlich wie möglich gefallen möchte.

Ich wünsche mir, daß sie hinter meiner Depression auf eine faszinierende Persönlichkeit stößt, daß ich sie nicht nur als Kranke interessiere. Aber ich habe keine Ahnung, wofür sich diese Frau überhaupt interessiert, außer für die Station, weil ich sie noch nie an einem anderen Ort gesehen habe, und weil ich mit ihr bisher nur über mich gesprochen habe.

Es ist gut möglich, daß sie nach unseren „Schäferstündchen“ bis zum nächsten Tag nicht einmal einen einzigen Gedanken an mich verschwendet.

XXXVII

Auf der Station, wo ich insgesamt zwei erholsame Wochen verbrachte – später mit Unterbrechungen noch weitere, ich fuhr zwischendurch manchmal nach Hause zu Taube und Paloma und auch in den Wald –, auf der Station jedenfalls wußten alle, daß ich brennend auf jemanden wartete, weil mich doch meine Geliebte ohne ein Wort verlassen hatte.

Dabei hatte ich bloß Hostell über mich erzählt, und selbst ihr sehr vorsichtig, verabreichte die Informationen nur in kleinen Dosen, als hielte ich mit ihren psychiatrischen Studien Schritt. Und natürlich mit dem Tempo, den mir der Gedichtband aufzwang. Erst bei unserem dritten oder vierten Gespräch erzählte ich ihr so nebenbei, daß ich mit einer Frau zusammengelebt hatte.

Schon vom ersten Augenblick an hatte Hostell mich verwirrt. Ich konnte mich kaum darauf konzentrieren, vernünftige Antworten zu geben, als ich ihr zusammengekauert und mit gesenktem Blick im Zimmer gegenübersaß, sie mit meinem Schweigen traktierte und ihren Kopf trotzig aus meinem Gesichtsfeld verbannte, ihren Schädel mit dem acht Millimeter kurzen Haar und ihre sehr grauen, hinter einem Metallbrillengestell versteckten Augen. Anfangs war ich voreingenommen, alle meine Komplexe schlugen Alarm, denn ich hielt Hostell für ein übergeordnetes Wesen. Sie stand eindeutig über mir, alles an ihr ließ mich das spüren, ihre modischen, unförmigen, hochhackigen Halbstiefel, ihr aufgeknöpfter, weißer Mantel, dessen Ärmel immer mehrfach umgekrempelt waren, ihre durchsichtigen, dünnen Hände, die keinen Schmuck trugen, sogar ihre Reklameuhr, die zu Dutzenden verteilt wurde und deren Zifferblatt eine kleine Sonne und ein kleiner Mond zierten. Dazwischen pulsierten die kaum sichtbaren, digitalen Zahlen aus Flüssigkristall.

„Leona“, sagte Hostell in der vierten Sitzung, „letzthin sagten Sie doch, Sie hätten bisher mit einem Lebensgefährten zusammengelebt, wer ist nun diese Isolde, von der Sie dauernd sprechen?“

Ich schluckte laut, zog mit meiner linken Hand an meinem rechten Daumen und richtete meinen bebenden Blick auf das Gesicht der Doktorin. Mit einem Auge schaute ich verschreckt in ihre, das zweite Auge wich ihrem Blick aus und ruhte auf ihrem Hals unterhalb des Ohrläppchens, denn ich bin in der Lage, perfekt zu schielen, wann immer ich will. Jetzt, während ich mich entblätterte, wollte ich.

„Das ist ein und dieselbe Person, meine Freundin ist meine Lebensgefährtin.“ Hostell lächelte zufrieden über meine provozierende Unverblümtheit.

„Das dachte ich mir“, nickte sie rasch, noch bevor ich mich darüber freuen konnte, sie überrumpelt zu haben. Von da an hatte ich das Gefühl, alle auf der Station, selbstverständlich alle Psychiater und auch die Schwestern, sogar die närrischen Mitpatienten wüßten es, obwohl die sich am wenigsten dafür interessierten.

Auch Isolde war es anzusehen.

An einem Vormittag, Wochen später, hatte ich das Gefühl, unbedingt auf den Korridor hinausgehen zu müssen. Ich hatte dieses dringende Bedürfnis vorher nicht gekannt. Ich nahm auch nur aus Höflichkeit an den Mahlzeiten teil, eigentlich wäre ich lieber auf meinem Platz in meinem Zimmer geblieben, nämlich im Bett. Tagelang saß ich herum zwischen Nachtkästchen und Fenster und beobachtete den Kieselpfad des heruntergekommenen Gartens, der zum Parkplatz führte. Ich wußte, daß Isolde eines Tages aus dieser Richtung kommen würde, bis dahin hatte ich die Pflicht, aus dem Fenster zu schauen und nicht auf den Korridor hinauszugehen, nicht einmal, wenn das Telefon läutete. Manchmal ging ich dennoch hin und hob ab.

Häufig war es falsch verbunden, auch an dem Tag, als Isolde kam und ich wegen des penetranten Läutens hinausgehen mußte, das meine taube, sedierte Zimmernachbarin nicht störte. In dem breiteren Teil des Korridors, wo der lange Tisch mit der Nylontischdecke, dem Krankenfernseher und dem Krankentelefon war, mitten in diesem

Korridor-Aufenthaltsraum-Speisesaal stand Isolde, reglos und angespannt.

Sie hatte vermutlich warten müssen, bis man mich rufen würde, und wegen der Verzögerung erschien auch schon ein winziges Anzeichen von Zorn auf ihrem Gesicht. Sie merkte genau, daß man hier über sie Bescheid wußte, daß man sie kannte. Wenn sie nicht zufällig eine entfernte Verwandte von mir war, so mußte sie „schwul" sein.

Das kräftige Läuten verstummte, und als wir einander ansahen, fühlte ich mich plötzlich schwach. Mir war, als hätte mich ihr Blick aus einem tropfenden dichten Nebel hervorgelockt, ein Blick, der mich seit Monaten nicht mehr gesehen hatte, selbst da nicht, als er sich in mir verlor. Diesmal aber fand ich mich in ihm wieder, und ich verstand nicht, warum ich gerade jetzt Mitleid mit mir selbst empfand. Ich war zugleich gefaßt und ergriffen.

DER WALD
IST JETZT DER AUSGANG UND LAUTLOS DIE WIESE
DUNST LIEGT ÜBER DER WÖLBUNG
MORGENTAU UND DÄMMERUNG VERGEHEN

DIE GNADE IST DER DUFT DER LINDE
TREULOS BLEIBT ER NIE AM SELBEN ORT
VERSPIELT DIE MÖGLICHKEITEN ALLE
INDEM ER DEINE HÄNDE WEITERSCHIEBT

XXXVIII.

Wahrscheinlich hätte ich nach Isoldes Ankunft nicht mehr lange an den Therapiegesprächen mit Hostell teilnehmen können, wenn Isolde weiterhin so wütend gewesen wäre: Sie hätte mir bestimmt unglaublich rational, aber dabei ein wenig zu emotional zu verstehen gegeben, daß sie mich nicht länger in den Händen dieser eingebildeten Scharlatane lassen könne, die keine Ahnung von meiner Seele hätten – im Gegenteil! Und sie hätte sich für uns beide ein Pflichtprogramm für die Tage ausgedacht, an denen ich ins Krankenhaus würde fahren müssen, und ich hätte mich ihr vermutlich folgsam wie ein Lamm untergeordnet.

Doch ich hatte ein unverhofft leichtes Spiel, denn Isolde wollte sich viel lieber ein wenig an dieser Beziehung beteiligen, die nur in meiner Einbildung existierte. Vergeblich erklärte ich ihr jeden Tag, daß ich nicht aus Liebe zu der Psychiaterin ging, und wiederholte mich dabei ständig, als wollte ich mich selbst davon überzeugen. Ich war hierhergekommen, weil Taube und Paloma die Behandlung für wichtig gehalten hatten, und ich hatte mich nicht dagegen gewehrt, denn ich hatte gehofft – und hoffte es insgeheim noch immer –, daß die beiden es dadurch leichter mit mir haben würden oder umgekehrt. Kurz: ich führte unseretwegen die Gespräche mit Hostell, wegen Isolde und mir, aber ich mußte zur Kenntnis nehmen, daß Isolde sich nicht darum scherte, was ich sagte. Sie glaubte, ich wollte sie bloß beruhigen und verwarf meine Argumente, denn sie spürte, daß der Wahrheitsgehalt meiner Worte der Vergangenheit angehörte und unwichtig geworden war.

Obwohl meine Lügen bis zur letzten Silbe stimmten und ich Hostell bei jeder Gelegenheit mehrere Stunden hindurch anlog, vergingen die Wochen damit, daß ich mich auf die Therapie vorbereitete, mir meinen Vortrag zurechtlegte und an den Geschichten herumfeilte, Träume erfand, manchmal Briefe schrieb, in denen ich meine empfindliche Psyche sorgfältig dokumentierte.

Am Morgen vor dem nächsten Treffen mit Hostell konnte ich mein Frühstück nicht essen, nicht mal den Kaffee trinken, den Isolde mir täglich ans Bett brachte. Ich ließ ihn unberührt auf dem Nachtkästchen stehen, denn ich hatte Magenschmerzen und hätte keinen Schluck hinuntergebracht, obwohl ich wußte, daß dies verräterisch war und Isolde kränken mußte. Trotzdem!

Ich wusch mir die Haare, besprühte mich mit dem teuren Parfüm, das ich von Michi bekommen hatte und von dem ich fand, daß es nach Pferdestall roch, zog mich lässig an und reagierte auf Isoldes frotzelnde Bemerkungen gereizt, dabei hatte ich seit Tagen überlegt, was ich anziehen sollte.

Eine ihrer Bemerkungen traf mich schließlich wie eine kalte Dusche. Ich war soeben fertig angezogen, stand vor dem Spiegel, musterte mich und machte zögernd ein paar Schritte nach links und rechts, reckte das Kinn in die Höhe und drehte mich leicht, um mich von hinten zu sehen.

„Model-Verkleidung?" meinte Isolde boshaft, während ich mich weiter ankleidete, und ich hatte das Gefühl, daß sie meinen Lügen wieder auf die Schliche gekommen war.

Nur blieb die Welt dadurch nicht mehr stehen, sondern drehte sich weiter.

Isoldes deutliches Interesse für Ursula war nicht zu leugnen, und ich wußte nicht, worauf ich es zurückführen sollte. Ich hatte keine Ahnung, welcher der zu vermutenden Gründe für Isolde der triftigste war: daß Hostell so klug und schön war, oder daß ich mit ihr soviel über Isolde sprach und mich anschließend immer dazu genötigt sah, Isolde genau über unsere Gespräche zu berichten, denn es störte sie, daß eine attraktive, fremde Frau intime Details über sie zu hören bekam, oder einfach die Tatsache, daß ich den ganzen Tag nur an Hostell dachte und Isolde wünschte, es mir gleich zu tun. Sie war in Gedanken ebenso beschäftigt mit Ursula wie ich.

Sie verlangte detaillierte Informationen von mir, übersichtliche und minutiöse Beschreibungen der Kleidung, die sie getragen hatte, welche Schuhe, wie alt sie war, wo sie wohnte, ob sie Kinder hatte, einen Ehemann, welche Vorfahren sie hatte, wie ihr Tagesablauf aussah, ihre Zeiteinteilung, was sie zu Mittag aß, wie oft sie Kaffee trank, welche Zigarettenmarke sie rauchte und welche Schuhgröße sie hatte und welchen Namen meine Psycho-Kollegen und ich ihr gaben, wenn wir unter uns waren.

Ich versuchte, auf jede ihrer Fragen zu antworten und stellte zu meinem großen Bedauern fest, daß meine Hostell zu einer gewöhnlichen jungen Frau schrumpfte, die im Bus saß, ihre winzige Diskotasche auf dem Schoß festhielt und so – ohne Brille – ebensogut Sekretärin hätte sein können oder Verkäuferin in einem Blumenladen, ihre Worte und ihre Mimik, die ich wie ein Schwamm aufgesogen hatte, wurden nichtssagend.

Isoldes Hostell-Kreation sah anders aus als meine. Sie bestand aus lauter rührendem Liebreiz, und Isolde machte mir klar, welch unverhältnismäßig großen Platz sie in unserem Leben bereits einnahm, in jeder von uns und auch zwischen uns.

Ich sehnte mich danach, den Verdacht, ich könnte durch sie hindurchsehen, in Hostells Plüsch-Schädel zu schmuggeln. Sie sollte glauben, daß nicht sie unsere Gespräche, mein Gefühlsleben durch ihr Kopfnicken und die gesenkten Augenlider, die Verständnis suggerierten, lenkte. Durch ihre Gesten und das berückende Lächeln, das professionelle Flirterinnen nur allzu gut anzuwenden wissen. Und ich – ich hielt die Fäden in der Hand und war diejenige, die all das ausgelöst hatte. Sie hatte bisher keinen einzigen Schritt getan, auf den ich nicht schon vorbereitet gewesen wäre.

Mag sein, daß sie genau das beabsichtigte.

DIE AUF DEM HÜGEL DAHINZIEHEN
DER SCHATTEN DER HOCHSITZ DIE BÄUME DAS LICHT
DIE WIEGEND JETZT DAS LICHT UMSPIELT
AM RAND DER FLUT
VIER BEINE KLETTERN DIE LEITER HINAUF
EIN MÄDCHEN BLICKT DEM TAL INS GESICHT
EIN WESEN NEIGT SICH DEM HIMMEL ZU
VERFOLGT EINE BLUTSPUR

FUNKEN BESCHREIBEN BLUMENBLÄTTER
AUF DEM HÜGEL
RUND UM DIE SONNE
WIR LÖSEN UNS AUF STAUNENDE HUNDE
BÄUME AUF DEM HELLEN HIMMEL
WIE EISBLUMEN AUF GLAS

XXXIX.

„Ja“, sagte Emese, die zu Besuch gekommen war, „deine Psychiaterin will, daß du dich endlich auf deine eigenen Füße stellst.“

Ich glaubte nicht, daß sie mich beachtete, als sie an einem sonnigen, wunderschönen Frühherbsttag neben mir hertrottete und dabei nicht einmal für eine Sekunde von ihrem Fotoapparat lassen konnte. Sie lief ein paar Meter vor, hockte sich nieder, kniete, schaute sich forschend um und wartete dann zufrieden, bis ich kam.

Ich wußte, was sie mit ihrer Kamera einfing. Der frisch geeggte Hügel war gerade von bräunlichen Rottönen überflutet worden, aber nur das obere Drittel, unten umschmeichelten ihn bereits bläuliche Schatten.

„Dort, ganz oben, dort müssen Götzen stehen“, sagte sie. Dabei dachte sie an das Märtyrerdenkmal im Nachbardorf, das einen Verwundeten darstellte, dessen Kopf im sanften Schoß einer Frau ruhte. Naive Betrachter meinten, die Frau würde ihren verwundeten Mann oder Bruder hingebungsvoll pflegen, aber diejenigen, die genauer hinschauten, ließen sich nicht täuschen. Das Denkmal war ein monumentales Mißverständnis. Auf den Schoß der sanften Frau hatte nämlich eine weitere sanfte Frau mit einem friedlichen, aber dennoch sorgenvollen Gesichtsausdruck ihr Haupt gebettet. Es ließ sich vermuten, daß sie einander auf wunderbare Weise hatten unterstützen können, umgeben von all den Opfern und Helden.

Genauso saßen wir später im Inneren eines Hochsitzes, der auf dem Gipfel des Hügels stand – anstelle der Figur, die wir uns dorthin gewünscht hätten – und der durch die herabfallenden Sonnenstrahlen bis weit ins Tal hinein sichtbar war. Wir starrten vor uns hin und hatten den Eindruck, das ganze Dorf würde uns anschauen, denn alle achtzehn Häuser sahen in unsere Richtung auf den strahlenden Hang, die Lindenbäume und die Eichen, die den Gipfel zierten, und auf den Hochsitz.

Es war das Ende unseres langen Spaziergangs, und wir warteten auf Isolde und die Hunde, die wir auf halbem Weg verloren hatten. Emese streckte sich auf der Bank des Hochsitzes aus, legte ihren Kopf in meinen Schoß und spähte durch die Ritzen hinaus.

Ich legte meine Hand auf ihr Haar, eigentlich nur meine Fingerspitzen, denn mein Arm, der über ihr schwebte, fand kaum Platz. Die Situation war irgendwie fremd. Da tauchte Isolde mit den beiden erschöpften Windhunden auf, die diesmal wie richtige Hunde aussahen mit ihren langen Beinen, spitzen Mäulern und an den Halsbändern Spuren von Blut. Sie hechelten laut, und aus ihren Schnauzen rann der Speichel. Isolde beachtete weder die Tiere noch uns, als sie unter dem Hochsitz herging, vielleicht weil die Hunde schon wieder irgendein Tier gejagt und zerfetzt hatten.

XL.

„Gehen wir“, sagte Emese und setzte sich auf. Sie starrte Isolde nach und kletterte schließlich vom Hochsitz.

„Kommst du nicht?“ Sie schaute hoch zu mir, von unten durch den Hochsitz, als suchte sie nach einem Fotomotiv. Als sie sich auf den Weg machen wollte, nickte ich zustimmend, denn ich wünschte mir, daß sie vorging. Ich selbst machte keine Anstalten, mich in Bewegung zu setzen, für einen Moment lang konnte ich mich nicht rühren. Und auch die Hunde nicht. Irritiert kläfften sie den beiden sich entfernenden Figuren nach, die hintereinander her den Berg hinuntergingen, bis sie immer kleiner wurden. Isolde verschwand, kurz danach auch Emese. Es kam mir vor, als hätte sich die Erde unter mir im lauten, kühlen Wind der Abenddämmerung gedreht.

Ich kletterte hinunter und ging in die entgegengesetzte Richtung, hinauf in den Wald. Die Hunde, die sich einen langen Spaziergang erhofften, schlossen sich mir an. Sie waren der Grund dafür, daß ich in der Erinnerung der Tiere des Waldes letztendlich die Rolle der rotgekleideten Unheilsverkünderin spielen sollte, obwohl die Tiere des Waldes komplexere Zusammenhänge durchaus erkennen können, ebenso wie die Bäume, die zweifellos alles ganz genau wissen.

Diesmal wanderte ich wieder zu der größten grauen Buche, die mit dem breitesten Stamm, umarmte ihn, ging dann zu der dicksten braunen Eiche hinüber. Diese Riesinnen standen in unmittelbarer Nähe zueinander, neben ihnen erschienen die anderen zerfurchten Eichen und glatten Buchen mickrig. Ich hatte das Gefühl, die Energie zu spüren, die von diesen großen Bäumen ausging. Ich schloß die Augen, und da veränderte sich plötzlich etwas in meinem Gleichgewichtssinn, in der kleinen Kerze im Ohr, als ich so dastand, mit geschlossenen, gen Himmel gerichteten Augen, da kam mir mein Gewicht anders vor als sonst.

Etwas hielt mich am Boden fest, das schwerer war als ich selbst und mich vorsichtig schaukelte. Von dem Moment an, als ich dies spürte, konnte ich plötzlich sehen, ohne meine Augen zu öffnen. Ich sah durch mein Laub, durch meine unzähligen Augenlider die Schattierungen erlebter Augenblicke unentwegt pulsieren. Ich hörte erst auf, ein Baum zu sein, als ich weiterging, die Hunde herbeipfiff, die wieder mal auf der Jagd gewesen waren, während ich versunken dagestanden hatte.

Als ich den feuerroten, kleinen Fuchs sah, der auf mich zugelaufen kam, wurde ich genauso steif vor Schreck wie er. Die Hunde stürmten mit ohrenbetäubendem Gebell aus zwei verschiedenen Richtungen auf den Fuchs los, der schon in jenem Augenblick verloren war, als er durch meinen Anblick vor Schreck ins Torkeln geriet.

Der Fuchs machte eine rasche Bewegung mit dem Schwanz, wich zurück und versuchte, sich nach hinten zu verdrücken, da schnappten die blutrünstigen Hunde aber schon zu und hielten ihn mit ihren Mäulern fest. Sie zerrissen und zermalmten ihn, brachten ihn um. Dabei war das kleine Tier sehr tapfer. Blutend, hinkend und zerfetzt stellte es sich den Angreifern wütend entgegen und versuchte immer wieder zu entkommen. Für die Hunde waren seine Anstrengungen noch ein Spiel, eine zusätzliche Spannung, die den Mord versüßte.

Mein Busen, mein Herz blutete, mein Magen verkrampfte sich beim Anblick des Fuchses, ich beobachtete, wie er langsam und zuckend zu Boden sank, wie sich die Zähne der Hunde bei jeder seiner Bewegungen weiter in seinen Körper bohrten – dabei war er längst tot.

Ich sah mich von oben bis unten an. Wie immer, wenn ich mit den Hunden unterwegs war, trug ich Isoldes rote, ärmellose Jacke. Sie war recht auffällig, und es war gut möglich, daß sie die gehetzten, verfolgten Tiere verschreckte, die vor mir ebenso große Angst hatten, wie ich vor ihnen. Allerdings starben immer nur sie: nach dem Fuchs war es ein Hase, den ich wegen seiner Größe für ein Rehkitz gehalten hatte. Ein Kitz ist nur etwas größer als ein Hund. Das Tier schrie wie am Spieß, wie ein Mensch, herzzerreißend, die Hunde hatten kein leichtes Spiel mit ihm.

Die Jagd nach dem nächsten Tier war nur ein kurzes Aufflackern gewesen, die Windhunde waren nicht mal wirklich in Erregung geraten, denn sie hatten das Eichkätzchen erst spät bemerkt, als es unaufmerksam oder schläfrig eine Nuß unter dem raschelnden Laub vergrub und erst auf mein Geraschel hin aufschaute und mich erschreckte. Es floh, lief verstört auf die Hunde zu, entkam nur bis zum nächsten Baum, hetzte in letzter Sekunde hinauf und hinterließ im Maul des schnelleren Hundes nur ein paar rötliche Schwanzhaare.

Endlich war es in Sicherheit, schnappte nach Luft und hielt sich am Stamm der Wildkirsche über den sich nach ihm reckenden Hunden fest und verschwand schließlich zwischen den Blättern. Erst danach begann ich, mich zu entspannen.

Es hat überlebt, dachte ich. Ich wußte, daß ich in diesem Spiel nur eine Marionette für die Hunde war, eine Vogelscheuche, vor der die Fliehenden – die sich taktisch klug verhielten und berechtigte Überlebenschancen gehabt hätten – in Panik gerieten und sich dann blindlings direkt in die Gefahr stürzten, anstatt sich mir – dem Unbekannten – zu stellen.

Ich schöpfte Hoffnung. Das, was sich hier abgespielt hatte, beruhigte mich, denn ich wußte nun, daß auch aus einer Schwerverletzten früher oder später eine Unheils-verkünderin, eine Kassandra im roten Gewand werden könnte, aus einer gekränkten und erschütterten Außen-seiterin ein Raubtier.

DIE AUTORIN

Foto: Vera Bozzi

Agáta Gordon wurde 1963 geboren. Sie studierte Ungarische Sprache und Literatur sowie Geschichte an der Universität Debrecen. *Ziegenrouge*, ihre erste Romanveröffentlichung, erschien 1997 in Budapest. Derzeit lebt sie als freie Autorin auf dem Land und arbeitet an ihrem nächsten Roman.

DIE ÜBERSETZERIN

Andrea Seidler, 1955 in Ödenburg/Ungarn geboren, Studium der Germanistik und Finno-Ugristik in Wien, unterrichtet am Wiener Institut für Finno-Ugristik und übersetzt neuere ungarische Literatur, vor allem Werke von László Garaczi, Endre Kukorelly und Ferenc Szijj. Zuletzt erschien ihre Übersetzung des Romans „Bekenntnisse eines Lemuren“, Teil I und II von László Garaczi im Verlag Droschl (1999).

Maria-Mercè Marçal

Auf den Spuren der Renée Vivien

Reihe LESBENLITERATUR

Literarische Spurensuche in Paris: Roman über die Lyrikerin Renée Vivien, in dem sich Tatsachen und Fiktion unter Einbeziehung von Versen und Textfragmenten eindrucksvoll miteinander verweben.

Roman
Br., 397 Seiten
öS 268,-/DM 39,-/sfr 38,-
Übersetzung aus dem Katalanischen
von Theres Moser

Milena
VERLAG